D0854159

Fuego austral

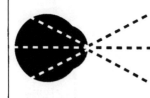 This Large Print Book carries the
Seal of Approval of N.A.V.H.

Fuego austral

Margaret Way

Thorndike Press • Waterville, Maine

Published in 2004 by arrangement with Harlequin Books S.A.
Publicado en 2004 en cooperación con Harlequin Books S.A.

Thorndike Press® Large Print Spanish.
Thorndike Press® La Impresión grande española.

The tree indicium is a trademark of Thorndike Press.
El símbolo del árbol es una marca registrada de Thorndike Press.

The text of this Large Print edition is unabridged.
El texto de ésta edición de La Impresión Grande está inabreviado.

Other aspects of the book may vary from the original edition.
Otros aspectros de éste libro podrían variar de la edición original.

Set in 16 pt. Plantin.
Impreso en 16 pt. Plantin.

Printed in the United States on permanent paper.
Impreso en los Estados Unidos en papel permanente.

Library of Congress Cataloging-in-Publication Data

Way, Margaret.
    [Master of Maramba. Spanish]
    Fuego austral
       p. cm.
    ISBN 0-7862-6414-4 (lg. print : hc : alk. paper)
    1. Large type books.   I. Title.
PR6073.A928M37 2004
  823´.914—dc22   2004040575

Fuego austral

CAPÍTULO 1

NO VIO el coche hasta que lo tuvo casi encima. Era un enorme Jaguar de color platino, que era el color de moda aquel año. Unos segundos antes había observado la calle llena de árboles y el tráfico, en mitad del cual no conseguía encontrar un sitio para aparcar en la zona donde solía hacerlo siempre que iba a visitar a su tío, James Halliday, de la empresa Scholles & Associates, un bufete de abogados y asesores fiscales que trabajaban solo para los más ricos. Aquel barrio estaba lleno de oficinas de todo tipo, por eso no había ningún sitio para aparcar salvo el hueco que acababa de descubrir, en el que no cabrían dos coches y, desde luego, nunca un enorme Jaguar como el que en esos momentos desistía del empeño. Carrie sintió una malévola satisfacción al comprobar que tenía razón y que, efectivamente, el lugar iba a ser solo para ella.

Mientras cerraba su coche, observó con sorpresa que el otro conductor, un hombre de pelo negro como el carbón, volvía a intentar aparcar su enorme vehículo en el espacio que quedaba. Carrie siempre había pensado que los hombres eran muy obstinados, pero ese lo era por partida doble... Además, acababa de estar a punto de empotrar su coche contra el de ella. No sabía si echarse a reír o a llorar; desde que había tenido aquel accidente no había vuelto a ser capaz de controlar sus reacciones. Se había convertido en una auténtica desconocida, de repente era una mujer miedosa y vulnerable.

Al recuperarse del susto, comprobó admirada que aquel hombre había conseguido encajar el coche en ese hueco diminuto. A lo largo de los años, también había comprobado que incluso los hombres más estúpidos eran capaces de maniobrar de tal modo que conseguían aparcar hasta en los lugares más inverosímiles. Si se hubiera tratado de una mujer, no habría podido reprimir un sincero aplauso ante tal proeza.

Sin embargo lo que hizo fue mirar hacia otro lado con fingida indiferencia y, se disponía a alejarse, cuando cayó en la cuenta de que había dejado las gafas de sol dentro del coche y había una luz cegadora, propia de la época primaveral en la que se encontraban. Era la estación de las flores, pero también de los exámenes, cosa que ella todavía recordaba perfectamente. Carrie se había graduado con matrícula de honor en el conservatorio de música y la habían aceptado en la prestigiosa Academia Julliard de Nueva York. Era una joven con un futuro prometedor.

Hasta el accidente.

Con un desagradable escalofrío, Carrie abrió la puerta del coche, alcanzó las gafas y volvió a cerrar con excesiva energía, impulsada quizá por la rabia y el dolor irracional que la invadían. Iba a necesitar toda una vida para digerir lo que le había ocurrido, para hacerse a la idea de que todas las puertas que una vez se habían abierto para ella estaban ahora cerradas para siempre.

Se dio la vuelta y vio a aquel hombre salir del coche sin dejar de mirarla fijamente, como si pudiera saber lo que ocurría en su cabeza o en su corazón. Era un tipo de ojos negros y piel bronceada; alto como una montaña e igualmente impresionante. Seguramente tenía bastante dinero, porque una presencia tan inquietante solo se conseguía cuando el atractivo iba acompañado de riqueza. Sus movimientos eran atléticos y tan elegantes como su indumentaria. Carrie no podía dejar de mirarlo y, por algún motivo, centró en él toda la rabia que tenía dentro de ella.

—¿Le ocurre algo?

Como todo lo demás, su voz era poderosa

y autoritaria. Nada más oírlo se hizo a la idea de que seguramente era el presidente de una gran empresa, un hombre que se pasaba el día dando órdenes mientras los demás obedecían de inmediato. Pero ella no era uno de sus empleados, ella se jactaba de no doblegarse ante nadie; aunque al mismo tiempo no podía reprimir la sensación de que algo importante le estaba ocurriendo.

—Nada en absoluto —consiguió contestar con frialdad—. Solo estaba observando con admiración cómo ha encajado el coche en un lugar tan pequeño; la verdad es que habría jurado que no iba a poder.

—¿Por qué? No era tan difícil.

Carrie vio con nerviosismo cómo se acercaba a ella hasta envolverla en su poderoso aura, sin dejar de mirarla con aquellos ojos oscuros y, al mismo tiempo, enormemente luminosos. A pesar de ser una mujer bastante alta, no podía evitar sentirse como una diminuta muñeca comparada con él. Era consciente de que aquel hombre estaba observándola detenidamente, sin perderse ni el más mínimo detalle de su fisionomía, ni siquiera el pequeño lunar en forma de corazón que tenía sobre el pecho derecho.

—Me ha dado la sensación de que creía que iba a arrollarla.

—¿Solo porque he levantado las cejas? —replicó ella con indignación.

—Me ha parecido que se sobresaltaba. No se habrá asustado, ¿verdad?

—Claro que no.

—Me alegro, porque no ha corrido el más mínimo peligro. A lo mejor es que no le gustan los hombres al volante —añadió con suavidad. Ella se quedó pensando—. La mayoría aparcamos mejor que cualquier mujer. Por cierto, ha dejado la rueda de atrás encajada en la alcantarilla.

Carrie no le dio la satisfacción de volverse a comprobar lo que estaba diciendo.

—Reconozco que no soy la persona que mejor aparca del mundo.

—Eso es más que obvio —dijo él en tono algo burlón—. Pero le aseguro que no trataba de desafiarla.

—Ni siquiera se me había ocurrido que estuviera haciéndolo.

—Entonces confiese por qué se ha puesto tan nerviosa. Estamos en pleno día... Normalmente no hago que las mujeres se sientan tan inquietas.

—¿Está seguro? —le preguntó Carrie con ironía.

—Está claro que no me conoce —la miró con aquellos ojos negros llenos de un brillo que daba a entender que no estaba acostumbrado a que nadie le hablara de ese modo—.

Mire —añadió cambiando de tema—, no hay nada de tráfico, pero ¿me permite que la escolte hasta el otro lado de la calle? —preguntó a punto de ponerle la mano en el brazo.

¿Debía permitir que la tocara?, pensó ella algo alarmada. Aquel hombre era demasiado dominante, tanto que le hacía sentir algo parecido al miedo.

—Debe de estar bromeando —dijo ella por fin, pero consiguió decirlo con dulzura en lugar de rechazarlo de lleno, como había sido su primer impulso.

—No, no estoy bromeando —tenía una boca preciosa y sensual, pero que también añadía firmeza a su rostro—. Va a acabar rompiéndose la blusa de tanto retorcerla.

Carrie se dio cuenta de que, en otro de sus gestos nerviosos, no había parado de enredar su mano en el dobladillo de la blusa.

—Está bien; si de verdad quiere saberlo, me pareció que se había acercado demasiado a mí con su coche.

—Debería hablar de eso con alguien.

—¿De qué? —preguntó sonrojada y ofendida.

—Me imagino que la palabra que lo describe es «fobia».

Estaba claro que había sido un error ponerse a hablar con él.

—¿Me está diciendo que tengo una fobia?

—lo miró con la mayor agresividad posible—. ¿No cree que está excediéndose, teniendo en cuenta que no me conoce absolutamente de nada?

—Solo he dicho lo que pienso —contestó con total tranquilidad.

Aquello era demasiado. No podía dejar que un desconocido la tratara de ese modo. Carrie se dio media vuelta y su pelo color ámbar flotó en el aire unos segundos.

—Que tenga buen día —dijo dándole la espalda.

—Igualmente —contestó él mientras la observaba, maravillado por su forma de moverse y sus preciosas piernas. Entonces ella se volvió con orgullo para dejar claro que quería ser la que dijera la última palabra, lo que hizo que él esbozara una sonrisa.

—Espero que no tenga pensado dejar el coche ahí mucho tiempo, porque en realidad no está permitido aparcar, puede que pase por aquí algún agente y le ponga una multa. Además, si no mueve el coche, no sé cómo voy a sacar yo el mío, ya que me ha dejado totalmente encajonada.

—No estoy de acuerdo —contestó con una sonrisa que la dejó totalmente confundida—. Pero si me hace algo en el coche, no se preocupe. Déjeme su nombre y teléfono en el parabrisas y yo me encargaré de todo.

—Descuide que no le haré nada a su coche.

¿Cómo era posible que aquella situación le estuviera pareciendo divertida? pensó él confundido. Lo cierto era que no solía entablar conversaciones con mujeres a las que no conocía; además, aquella le resultaba extrañamente familiar. Con aquella cabellera rojiza que parecía prometer una personalidad igualmente ardiente... y la piel clara y los ojos marrones, casi rojizos también. Hacía siglos que no veía a nadie con tal magnetismo, y el caso era que estaba claro que no era más que una chiquilla, seguramente tendría unos diez años menos que él, que estaba a punto de cumplir los treinta y dos. Treinta y dos años, divorciado y con una niña a la que adoraba. Su gran problema era que Regina en realidad no era su hija, sino que había sido el resultado de una de las aventuras de Sharon. Le resultaba curioso pensar que, en solo unos segundos, aquella impetuosa mujer había alejado a Sharon de su mente por primera vez en mucho tiempo.

—¡Cuídese! —le dijo una vez que ella ya estaba bastante lejos—. ¡Qué agresivas son las chicas de ciudad!

Carrie se dio media vuelta. A pesar de su determinación de seguir adelante sin pensar, no pudo evitar que le llamara la atención que la identificara como «chica de ciudad».

—¿Y usted de dónde ha salido? —no sabía de dónde demonios había sacado el valor para decir aquello, estaba claro que ese hombre era alguien importante.

—De muy lejos de aquí pero puede que siga aquí cuando usted vuelva.

Carrie hizo un gesto con la mano como quitándole importancia a todo aquello y se alejó. Quizá estuviera siendo un poco maleducada con la única persona que había proporcionado algo de diversión a su monótona vida. Se quedó pensando en que a lo mejor seguía allí cuando ella volviera y eso la hizo sentir una mezcla de enfado e impaciencia.

La secretaria de James Halliday anunció la llegada de su jefe con extrema formalidad. A Carrie no le extrañó, porque lo cierto era que la señora Galbally siempre había sido increíblemente correcta, incluso ceremoniosa en sus maneras. Era una mujer que solía intimidar a la gente, pero su tío afirmaba que era sencillamente perfecta.

—¡Hola, preciosa! —exclamó su tío nada más verla. El hermano de la difunta madre de Carrie era tan atractivo y elegante como lo había sido esta, e igualmente cariñoso. La condujo a su enorme despacho con vistas al río; estaba decorado con finísimas piezas de porcelana china y con cuadros de marinas que denotaban la afición que Halliday tenía a la vela y al mar en general. Con solo ver aquella habitación se sabía que aquel era un hombre con éxito en los negocios; claro que no tanto como el padre de Carrie, que era el propietario de una empresa eléctrica.

Los dos hombres no se llevaban bien; eran demasiado diferentes en todo. Carrie los quería a los dos y de su tío y de su madre había heredado un profundo amor al arte que nada tenía que ver con los intereses de su padre, de Glenda, su madrastra, o de su hermanastra Melissa, que era tres años más joven que ella.

—¿Te apetece un café, cariño? —preguntó él observando a su sobrina con sincera preocupación. Carrie había sufrido un tremendo golpe que había dejado ciertas huellas en su aspecto; había perdido la chispa de su mirada. No obstante Halliday estaba seguro de que su sobrina disponía de la fortaleza necesaria para superar todo aquello y seguir adelante renovada.

—Sí, por favor —respondió ella dejándose caer sobre un cómodo sillón de cuero—. En casa ya nadie bebe café; Glenda ha convencido a papá de que no le conviene…, bueno, ni a él ni a nadie. Creo que debería marcharme de casa; aunque no vaya a irme a Nueva

York, debería salir de allí. Sé que a papá no le va a hacer ninguna gracia, pero tampoco es que esté mucho en casa para saber cómo van las cosas.

—Es una verdadera pena que Melissa y tú no os llevéis bien.

—Es culpa de Glenda. Estoy segura de que Melissa no me odiaría tanto si su madre no hubiera despertado en ella esos celos y esa envidia.

—Sé que no te resulta nada fácil vivir con tu madrastra —comentó Halliday con comprensión, sin decir todo lo que pensaba sobre aquella mujer.

—Ella nunca me ha querido. Nunca le gustó que su marido tuviera una hija que además era la viva imagen de su madre. Te aseguro que sigue sintiendo celos de mi madre.

James asintió sin dudarlo.

—No puede evitarlo. Está claro que le da rabia que tengas tanto talento, y que además se te reconozca lo que vales con todos esos premios...

—Y que a Mel no le ocurra lo mismo... Bueno, ya no tiene por qué preocuparse —añadió Carrie con resignación.

—Cariño, tú sigues siendo una gran pianista —le aseguró James destrozado al recordar las horribles secuelas del accidente.

—La verdad es que no me consuela mucho. Cada vez que pienso en que el mismo día del accidente me habían dicho que me admitían en Julliard... A veces el destino es tremendamente cruel.

—Fue una tragedia, pero no puedes dejar que eso arruine tu vida, preciosa —le dijo James con ternura, pero también con firmeza—. Necesitas algo de tiempo para recuperarte y seguir adelante. Además, debes recordar que podría haber sido mucho más grave que un par de costillas y un dedo roto.

—Te juro que lo intento, Jamie, de verdad, pero es muy duro. Lo más curioso es que sé que papá lo siente por mí, pero al mismo tiempo creo que se siente aliviado, porque no quería que me fuese a Estados Unidos a estudiar. Lo único que quiere es que me quede aquí, me case y tenga hijos.

James no pudo evitar pensar que el padre de Carrie siempre quería demasiadas cosas. También había querido a su hermana, pero nunca había conseguido hacerla feliz; había reprimido su intenso espíritu, cosa que, afortunadamente, no había logrado hacer con Carrie.

—Tu padre tiene muchas cualidades, pero hay que reconocer que no sabe nada de música —comentó James sin dejar entrever lo que realmente pasaba por su cabeza.

—Tienes razón —asintió ella sonriendo—. La verdad es que nunca ha comprendido la música que yo toco... bueno, que tocaba, porque no he vuelto a tocar el piano desde el accidente.

—De eso hace ya casi un año.

—Necesito más tiempo. Jamie... No me gusta enseñar, me temo que lo que realmente me gusta es interpretar.

—No te preocupes, cariño, todavía eres muy joven. Veintidós años no son nada.

—Bueno, es edad suficiente para marcharse de casa —replicó Carrie—. Lo habría hecho antes, pero no quería herir a papá. Sin embargo, sé que no hay nada que hacer con Glenda, nunca voy a gustarle.

—No quiero ser injusto, pero mucho me temo que Melissa es bastante parecida a su madre —añadió James con pena—. Así que seguramente lleves razón y lo mejor sea que te vayas de allí. ¿Qué te gustaría hacer? Sabes que puedes venirte a vivir con Liz y conmigo, a nosotros nos encantaría. Ya que no tenemos hijos, sería una maravilla tenerte en casa.

—Sois un encanto. Liz ha sido como una madre para mí, cosa que jamás podré decir de Glenda..., pero creo que va siendo hora de que me establezca por mi cuenta, Sabes que tengo razón.

—Seguro que tu padre te compraría un piso, es un hombre muy rico.

—Puede ser, pero no voy a pedírselo. Me compré mi propio coche y alquilaré una casa yo sola.

James era tremendamente protector con su sobrina, por lo que no le hizo ninguna gracia oír aquellas palabras.

—También yo podría ayudarte. Por nada del mundo querría que tu padre pensara que estoy poniéndome en su contra, que pudiera añadir eso a... —tuvo que contenerse para no acabar la frase.

—¿A su lista de resentimientos? —completó Carrie con tristeza—. Muchas gracias, Jamie, pero puedo valerme por mí misma. Creo que voy a estudiar un doctorado; ya que parece que tendré que dedicarme a la enseñanza, mejor será que adquiera la formación adecuada. ¡Después de tantos años estudiando para ser concertista...!

—Pero ¿cómo vas a mantenerte? —le preguntó James preocupado—. Unas cuantas clases no dan dinero suficiente.

—Todavía tengo el dinero de la abuela —explicó ella refiriéndose a la herencia que había recibido tras la muerte de su abuela materna, la cual no había podido soportar la muerte de su única hija—. El problema es que ahora mismo necesito salir de aquí y tengo que encontrar un refugio, al menos durante un tiempo. Tengo que alejarme de todo lo que me recuerde a la música hasta que asimile lo ocurrido.

—Lo comprendo, preciosa —después de esas palabras se quedó pensativo unos segundos—. Me ha venido a la cabeza que uno de nuestros clientes, en realidad nuestro cliente más importante, está buscando alguien que cuide de su hija. No quiero decir con eso que ese sea el trabajo que te corresponda... —añadió rápidamente.

—¿Y por qué no?

—Cariño, tienes muchísimo talento, eres guapa y joven. Una mujer así no debería recluirse en el campo.

—¿En el campo? —preguntó Carrie sorprendida—. Explícame bien eso.

—Ahora siento haberlo mencionado —se disculpó James justo en el momento en el que alguien llamaba a la puerta. Una secretaria joven entró con el café y un montón de bizcochos.

—¡Cómo es posible que no engordes! —exclamó su sobrina riéndose—. No me creo que solo haciendo vela te mantengas tan en forma.

—Por cierto, este fin de semana voy a ir a navegar un poco, ¿te apetece venir conmigo?

—¡Sí, por favor! —respondió inmediatamente con entusiasmo. A Carrie le encantaba el mar y adoraba ir a navegar con su tío.

Una vez se hubieron sentado a tomar el café que había llevado la secretaria, Carrie reanudó la conversación donde la habían dejado.

—Supongo que ese empleo sería en una casa del interior del país.

—Yo no lo describiría como una casa, más bien es todo un reino —aclaró James—. Se trata de una familia de importantes ganaderos, poseen millones de hectáreas en toda Australia. Mi cliente es uno de los más relevantes propietarios del sector; y ya sabes que Queensland es un sitio muy importante para el comercio de ganado. Es una empresa muy grande y la base la tienen en el norte de Queensland, en una enorme finca.

—¿Y cómo se llama esa propiedad? —preguntó Carrie con repentina curiosidad.

—Maramba.

—Me suena haber oído ese nombre.

—Es probable —James hizo una pausa mientras escogía una pasta—. Royce sale mucho en los periódicos.

—¿Qué Royce? —preguntó ella impaciente—. Vamos, James, deja de hacerte el misterioso.

—Carrie, preciosa, no creo que ese empleo te convenga —le explicó su tío, arrepentido de haberlo mencionado.

—Al contrario, cada vez me parece más interesante.

—Tengo entendido que se trata de una niña un tanto difícil; todas las niñeras se marchan espantadas.

—¿Y qué es lo que hace ese pequeño diablo? —Carrie sabía mucho de pequeños diablos, ya que ella misma había sido uno.

—Ya sé qué estás pensando —dijo James soltando una carcajada—. Recuerdo cuando Glenda se quejaba de ti. Pero Royce no lo ve del mismo modo. El echa la culpa a las niñeras.

—Ya entiendo. ¿Cómo se apellida ese Royce?

—McQuillan. Royce McQuillan... Es un tipo estupendo, una de las mejores personas que conozco. Tampoco él ha tenido una vida fácil. Perdió a sus padres hace algunos años en un horrible accidente de avión. Poco después se divorció de su mujer...

—¡Dios mío! —exclamó Carrie comprendiendo a la perfección todo el dolor que debía de haber sentido—. ¿Y la madre no se llevó a la niña? ¡Qué extraño!

—Parece ser que no quiso —explicó él con tristeza—. No conozco muy bien la historia, Royce no suele hablar del tema. Pero seguro que has oído hablar de ella, aunque es unos años mayor que tú, creo que tiene treinta o treinta y un años. Es una mujer con mucho estilo, pero con muy mal carácter. Sharon Rowlands, sale mucho en las revistas de sociedad.

—La verdad es que no tengo mucho tiempo para ver esas revistas. La niña debió de pasarlo muy mal cuando se separaron sus padres. ¿Cuántos años tiene?

—Seis, casi siete.

—O sea, que se casaron muy jóvenes... —especuló Carrie mientras hacía cálculos.

—Según dice Liz, su matrimonio se acordó cuando ellos todavía estaban en la cuna.

—Por eso tardaron tan poco en separarse.

—No —respondió James con sincera tristeza—. Se dice que Sharon se aburrió de que él tuviera tantas responsabilidades y compromisos.

—¿Tú la conoces?

—La he visto unas cuantas veces.

—¿Y qué te pareció?

—Un poco superficial, si he de serte sincero. Y Liz es de la misma opinión.

—Además, debe de tener el corazón de piedra para dejar así a su hija.

James se quedó unos segundos con la mirada perdida en la taza de café antes de continuar hablando.

—Odio decir esto, pero todo el mundo piensa que la niña interfería en las diversiones de Sharon. Yo creo que volverá a casarse pronto, aunque Liz opina que jamás podrá superar lo de Royce, y menos aún encontrar un hombre como él.

—Entonces puede que vuelvan a juntarse —afirmó Carrie con toda lógica—. Seguro que ellos no tienen los problemas económicos que tantas tensiones causan en otras parejas.

—No, pero el dinero no lo es todo —explicó James recordando todos los clientes ricos que tenía cuyos matrimonios habían acabado en divorcio—. Yo doy gracias a Dios cada día por lo que tengo con Liz.

Después de esto se quedaron unos segundos en silencio.

—Sabes que te quiero como a una hija —James comenzó a hablar con dulzura—. No me gustaría nada que te marcharas, y sé que antes tenías que hacerlo por tu carrera. Solo acordarme del momento en el que recibí aquella llamada... —tuvo que dejar de hablar al recordar el momento en el que se enteró del accidente de su sobrina.

—Lo sé, James —dijo Carrie con comprensión—. Y sé que podría haber sido mucho peor.

—Muchísimo peor, cariño. La muerte de

mi hermana fue un golpe terrible; no podría soportar que te ocurriera algo a ti. Pero tengo la total seguridad de que te esperan un montón de cosas buenas en la vida. Aunque ahora te parezca imposible, sé que te va a ocurrir algo maravilloso.

—No, la verdad es que ahora mismo me resulta imposible imaginar algo maravilloso… Todo esto es muy duro para mí, Jamie.

—Lo sé, preciosa —le dijo él agarrándole la mano—. Liz y yo comprendemos lo que significa para ti haber perdido tu carrera.

—Bueno, de todos modos puede que nunca hubiera conseguido tener éxito como pianista —afirmó Carrie intentando ver las cosas desde otro punto de vista—. Hay muchos pianistas buenos por ahí. Tendría que tener algo muy diferente.

—¿Como tu talento? ¿Tu belleza? —sugirió James antes de darse cuenta de que todo eso ya no era necesario.

—Ahora ya da igual —por un momento acudió a su mente el momento del accidente y la horrible claridad con la que había visto lo que había sucedido nada más abrir los ojos en el hospital—. Necesito un trabajo, Jamie —dijo de pronto obligándose a cambiar de tema—. Y tú puedes ayudarme, ¿verdad?

—Tenía pensado pedirle a Galbally que se

encargara de las entrevistas para el puesto de niñera de McQuillan —enseguida vio la mirada de súplica en los ojos de su sobrina—. No tengo tiempo, y a las mujeres se les dan mucho mejor estas cosas.

—¿Y no puedes recomendarme siquiera?

—A tu padre no le haría ninguna gracia.

—Pero a Glenda sí —interrumpió la joven en tono bromista.

—Me da miedo ponerte en una situación que te haga infeliz; además, estarías lejos de casa.

—¿Quieres decir más infeliz de lo que ya soy? Soy perfectamente capaz de cuidar de una niña pequeña, que puede que esté en un momento tan vulnerable como el mío. A lo mejor podemos ayudarnos la una a la otra.

—Royce estará aquí dentro de media hora.

—¿Te importa si espero?

James miró fijamente a su sobrina.

—Te lo has tomado en serio, ¿eh?

—Sí —afirmó sin dudarlo un segundo mientras, con gesto distraído, se tocaba el dedo meñique de la mano derecha, el que se había roto en el accidente—. No estaré del todo segura hasta que no vea al gran empresario con mis propios ojos, pero si a ti te cae tan bien, supongo que será un buen tipo.

—Lo es, aunque eso no significa que sea

fácil tratar con él —puntualizó James con precaución—. Tiene treinta y pocos años, pero una presencia que a otros les cuesta años y años conseguir.

—Será el dinero... —intervino Carrie con dureza.

—Eso ayuda. Lo cierto es que ha cambiado bastante desde que se divorció. Le resulta mucho más difícil relajarse, pero ha construido una enorme barrera a su alrededor.

—Eso suena muy frío.

—Aunque no es nada desagradable, de hecho es encantador cuando quiere. El problema es que no se ríe con demasiada frecuencia.

—Me imagino que eso habrá hecho que esté a la defensiva con las mujeres.

—Con las guapas.

—¿Quieres decir que ahora busca a una fea?

—No, más bien alguien sencillo y amable.

—Entonces seré amable y sencilla —afirmó repentinamente segura de que ese trabajo era la solución a sus problemas.

Unos minutos después, Carrie estaba haciéndose cargo de la recepción del bufete para ayudar a Debra un momento cuando levantó la vista y empezó a notar cómo la sangre se le acumulaba en el rostro y le empezaban a latir las sienes.

—¡Hola! —saludó él con amabilidad nada más verla—. ¡Qué sorpresa!

—Sí—, sí es una sorpresa —dijo ella cuando recuperó la respiración—, ¿Puedo ayudarlo?

—Vengo a ver a su jefe.

«No puede ser. No puede ser.»

—¿Estaba citado con él?

—Claro —afirmó riéndose—. Debe de ser nueva aquí. Soy Royce McQuillan.

Carrie se quedó de piedra. Acababa de perder el empleo y, con él, el medio de marcharse de casa de su madrastra.

—La recepcionista estará aquí enseguida.

—No se preocupe, conozco el camino. El señor Halliday está esperándome.

—Entonces lo acompañaré yo —se ofreció ella justo en el momento en el que volvió Debra.

—Buenos días, señor McQuillan. ¿Qué tal esta?

—Muy bien, gracias, Debra —respondió él con dulzura—. Esta señorita estaba a punto de acompañarme al despacho del señor Halliday.

—Gracias, Carrie. Carrie es...

—... una ayudante temporal —terminó de decir Carrie antes de que Debra desvelara su identidad; todavía no deseaba que McQuillan conociera su relación con James.

—¿Cuál es su trabajo aquí? —le preguntó él una vez se hubieron alejado de la recepción—. Es que su cara me resulta familiar, y no me refiero a nuestro encuentro de antes.

—No soy famosa, si es a eso a lo que se refiere —replicó ella con inesperada frialdad.

—¿Y eso le molesta? —le preguntó burlón desde su imponente altura.

—Ni mucho menos. Le aseguro que está muy equivocado.

—No lo creo.

—Debe pasarse mucho tiempo psicoanalizando a la gente —respondió Carrie con rabia.

—La verdad es que hasta ahora no había conocido a nadie que se comportara como usted.

—No comprendo...

—Se lo explicaré con suma sencillez. Es usted muy hostil.

—No creo que sea la primera vez que provoca ese comportamiento en alguien —las palabras salieron de su boca antes de que pudiera controlarlas.

—Hace un rato, en la calle, estaba asustada de mí, y ahora...

—Bueno, creo que ya se ha divertido suficiente.

—¿Es usted abogada de este bufete? No, es demasiado joven.

—No soy abogada —respondió con más suavidad—. No trabajo aquí.

—Pero sí que tiene alguna relación con James —hizo una pausa intentando averiguar quién era aquella mujer—. Sé que no tiene ninguna hija... ¡Ya lo tengo! Es usted su sobrina, la brillante pianista.

—Y usted es detective —respondió ella con sarcasmo—. Ni Poirot lo habría averiguado con tal rapidez.

—¿Por qué es usted tan ácida? —preguntó mirándola a los ojos—. Tengo entendido que tiene un futuro muy prometedor.

No tuvo que contestar porque justo en ese momento apareció James en la puerta de su despacho y se acercó a saludar a su cliente con una sincera sonrisa dibujada en el rostro.

—Veo que ya conoces a mi sobrina.

—Bueno, nadie nos ha presentado formalmente —mencionó Royce McQuillan.

Ambos se saludaron con formalidad y, en ese momento, Carrie fue consciente del modo en el que había estado comportándose y decidió dar mejor impresión a partir de entonces.

—Encantado, señorita Russell —dijo él sonriendo.

—Todo el mundo la llama Carrie intervino su tío mientras entraban al despacho.

No tenía la menor idea de lo que estaba haciendo, debía admitir ante sí misma que jamás en su vida se había sentido como en ese momento solo por estar cerca de una persona. Entre ellos saltaban auténticas chispas y hasta James lo había percibido. Carrie intentó pensar que no era más que una sensación suya, provocada por la arrolladora presencia de Royce McQuillan.

Unos segundos más tarde, ya en el despacho de su tío, Carrie consiguió articular palabra.

—Encantada, señor McQuillan. Bueno, yo me voy a marchar.

James miró a su sobrina perplejo; algo importante debía de haber pasado para hacerla cambiar de opinión de un modo tan tajante.

—Pero, preciosa, yo pensé que...

Carrie miró a ambos hombres antes de que Halliday pudiera terminar de hablar.

—Adiós.

En lugar de volver a darle la mano para despedirse, se retiró el pelo de la cara con un suave movimiento de cabeza que hizo que su cabellera danzara unos segundos en el aire. Royce se quedó mirándola maravillado por sus movimientos; era preciosa, como su tío la había llamado, pero también era obvio que tenía un carácter a la altura de su belleza. También reparó en sus manos, delgadas y fuertes, manos de pianista.

—Pensé que se quedaría a comer con nosotros —dijo Royce para su propia sorpresa—. Los negocios de los que tengo que hablar con James no nos llevaran mucho tiempo.

—Claro, preciosa, ¿por qué no vienes con nosotros? —intervino su tío para intentar convencerla.

Por muy duro que le resultara admitirlo, lo cierto era que Carrie estaba deseando ir con ellos.

—Sois muy amables, pero…

—Sentaos los dos un momento por favor —dijo de pronto Halliday hablando a los dos jóvenes—. Estaba contándole a Carrie que necesitas una nueva niñera para Regina —explicó mirando a su sobrina.

—¿Ah, sí? —preguntó James sorprendido—. ¿No habrás pensado que a ella le puede interesar el trabajo?

Era hora de que Carrie interviniera en la conversación, pensó James, pero, por algún motivo, su sobrina ya no parecía estar tan convencida de estar interesada.

—Verá, es que últimamente he estado tan centrada en mi carrera que creo que lo que realmente necesito es un cambio radical.

Royce McQuillan la observó perplejo,

considerando la posibilidad de que aquella mujer hubiera sufrido algún tipo de ataque que le hiciera plantearse todo aquello.

—No la imagino de niñera. ¿Qué sabe de ese tipo de trabajo?

—¡Nada! —exclamó con los ojos chispeantes—. Pero me encantan los niños.

—Lo importante es que sepa cómo manejarlos —matizó él mientras admiraba sus esbeltas piernas cubiertas por una falda veraniega y el escote blanquísimo que dejaba entrever su blusa. Tenía la piel inmaculada, como solían tenerla las pelirrojas.

Carrie aguantó su mirada sin inmutarse siquiera.

—¿Y quién le ha dicho que no sea capaz de hacerlo? —replicó ella, orgullosa—. Llevo años teniendo que tratar con niños, dándoles clases de música, ensayando con ellos...

—A Regina le gusta salirse con la suya —la interrumpió para proporcionarle ese nuevo dato—. No sé qué le habrá contado James, el caso es que su madre la dejó para que yo me hiciera cargo de ella. No es que la niña esté destrozada, pero obviamente es duro para ella.

Por supuesto que eso era algo perfectamente comprensible para Carrie.

—Yo también tuve que pasar casi toda mi

infancia sin mi madre. Llevo toda la vida viviendo con mi madrastra.

—¿Y no se lleva bien con ella? —quiso saber McQuillan.

—Eso ahora no viene al caso —respondió ella con frialdad. No estaba dispuesta a dejarse intimidar por aquel tipo, por muy guapo que fuera. Estaba claro que no le estaba dando muy buena impresión y seguramente no la aceptara para el empleo—. Era solo una idea. Me imagino que me ha conmovido la historia de su hija, y creo que en este momento a mí también me vendría bien poder ayudar a alguien —era el único modo de ayudarse a sí misma y sobrevivir, pensó Carrie sin decirlo—. Pero estoy segura de que mi tío le encontrará alguien más adecuado muy pronto —añadió al tiempo que se ponía en pie—. Me temo que tengo que rechazar su amable invitación para comer, debo ver a alguien en el conservatorio esta misma tarde.

Royce también se levantó de la silla.

—Es una pena, me habría encantado poder conocerla mejor. James me ha hablado mucho de usted. Acabo de recordar dónde la había visto antes. ¿Te acuerdas de esa foto de una niña que tenías antes sobre tu mesa en un marco de plata? —le preguntó a Halliday.

—¡Claro, era Carrie! —afirmó James al

recordarlo—. Se la llevó Liz porque le encanta esa foto.

—Debía de tener unos diez años —intervino ella sorprendida.

—Pues no ha cambiado nada.

—¡Claro que he cambiado! —«me estoy derrumbando. Necesito alejarme de este hombre», pensó Carrie cada vez más desesperada.

—Eres muy observador, Royce —dijo James consciente de la tensión que se palpaba en el ambiente.

—Es un rostro difícil de olvidar.

—Tienes razón —dijo sonriendo con cariño a su sobrina—. Carrie es la viva imagen de su madre, mi querida hermana Caroline. Con Carrie a mi lado es como si ella todavía siguiera aquí —diciendo eso le pasó la mano por la cintura a la joven.

—Te quiero, Jamie —murmuró Carrie a su oído—. Bueno, tengo que marcharme. Que disfruten de la comida.

—¿Quiere eso decir que ya no le interesa el trabajo? —preguntó McQuillan volviendo a mirarla con aquellos ojos cautivadores.

—No pensé que me aceptara.

—¿Acaso he dicho yo eso?

—De algún modo, si, lo ha hecho.

—Siento mucho que haya tenido esa impresión, desde luego no era mi intención. Si de verdad le interesa, podemos tratar las condiciones con más tranquilidad, ya que ahora tiene que marcharse a toda prisa —era obvio que no se había creído la excusa.

—¿Cuándo vuelves a casa, Royce? —intervino Halliday, no del todo seguro de lo que estaba ocurriendo, aunque sí sabía que había algo raro.

—Mañana.

—Creo que quiere alguien muy diferente a mí —dijo Carrie, repentinamente ansiosa por salir de una situación que cada vez le parecía más peligrosa. De pronto tenía la sensación de que aquel hombre podía cambiarle la vida… y no precisamente a mejor. Aunque no se encontraba en plenitud de fuerzas, era perfectamente consciente de que, de todas las reacciones que le estaba provocando McQuillan, la más poderosa era de naturaleza sexual. Todo era demasiado complicado: él estaba divorciado y tenía una hija de la que hacerse cargo.

—Hasta luego, Jamie, dale un beso a Liz de mi parte.

—¿Vas a venir a navegar conmigo? —le preguntó su tío, perplejo por lo que estaba viendo en ella.

—Claro. Esperemos que nos haga buen tiempo —con gran esfuerzo, dirigió una mirada a McQuillan—. Estaba preguntándome si conseguiré sacar el coche de donde está aparcado.

—No sé si debería permitirle intentarlo —respondió él con tono provocador.

—¿Intentar qué? ¿De qué demonios estáis hablando? —intervino James.

—Es que el señor McQuillan y yo nos hemos visto antes; hemos aparcado los dos en el mismo sitio.

—Puedo bajar con usted si eso la preocupa —se ofreció Royce amablemente—. Incluso podría sacar su coche.

—No estaría mal —el accidente había hecho que Carrie perdiera gran parte de su seguridad al volante—. No me gustaría hacerle el menor arañazo a su coche.

—No es mío, es de un amigo.

—De todos modos, yo lo preferiría. Tengo muchas habilidades, pero aparcar no es una de ellas.

—No tardaré ni cinco minutos, James —dijo Royce al tiempo que rozaba levemente el brazo de Carrie; sin embargo, la reacción interior de ella fue tan fuerte como si la hubiera zarandeado con ímpetu.

—No hay ninguna prisa —aseguró Halliday contento de que la situación hubiese evolucionado de ese modo.

—¿De verdad está esperándola alguien? —le preguntó él una vez que estuvieron en la calle.

—¿Es que duda de mi palabra? por alguna razón Carrie no podía dejar de utilizar un tono tremendamente provocador.

—Totalmente —Royce no pudo evitar preguntarse cómo sería besar aquella boca, aquellos sensuales labios, y después su cuello y la curva de sus pechos… No estaba nada bien estar pensando algo así de una mujer tan joven. Demasiado joven. Recordaba que James le había hablado de su fiesta de cumpleaños; cumplía veintiún años, pero bueno, eso debía de haber sido hacía más de un año—. Espere aquí —dijo tomando las llaves de su coche de entre sus manos y rozándole los dedos.

En pocos segundos el diminuto coche la esperaba ya fuera de donde había estado aparcado, y en perfecto estado.

—Ha sido usted muy amable.

—Ha sido un verdadero placer, señorita Russell. Me tiene realmente intrigado.

—¡Vamos! No soy tan importante como para provocar intriga —Carrie era consciente de que se adentraba en arenas movedizas.

—Entonces explíqueme por qué una mujer con tanto talento y tan guapa como usted quiere trabajar en un lugar tan retirado. Da la sensación de que quiere escapar de algo. Debe saber que allí estaría aislada la mayoría del tiempo.

—Lo sé —respondió mirándolo a los ojos fijamente. —Entonces ¿por qué? ¿Es que ha roto con su novio? ¿O es que ha cambiado de opinión sobre su prometedora carrera?

Parecía que no podía escapar por más tiempo.

—Mi carrera está totalmente destrozada, señor McQuillan —anunció por fin con voz temblorosa—. Muchas gracias por sacar el coche, claro que si no hubiera aparcado el suyo tan cerca, no habría sido necesario.

La actitud de Royce cambió por completo.

—Espere —le pidió con dulzura.

—No —replicó ella tajantemente al tiempo que se metía en el coche y se alejaba de allí lo más rápido posible. No obstante, siguió viéndolo por el espejo retrovisor: se había quedado inmóvil en mitad de la acera observando cómo se alejaba. ¡Dios! Seguramente creía que estaba loca. No tenía ninguna cita en el conservatorio, pero tampoco soportaba la idea de volver a casa y encontrarse con Glenda. Esta había creído que estaba a punto de librarse de Carrie, pero el accidente lo había cambiado todo. Absolutamente todo.

Se le llenaron los ojos de lágrimas, pero luchó por controlarlas. De nada servía ya llorar. Como le había dicho Jamie, debía sobreponerse y seguir adelante con su vida.

CAPÍTULO 2

CUANDO volvió al despacho de James, Royce fue directamente al grano.

—Tu sobrina acaba de dejarme de piedra. Me ha dicho que su carrera está arruinada. ¿Qué ha ocurrido? No me habías dicho nada.

—Es cierto, debería habértelo contado —se disculpó Halliday inmediatamente—. Llevo más de un año sin apenas poder hablar de ello, igual que le ocurre a Carrie. Tuvo un accidente de coche el mismo día que le acababan de comunicar que la habían admitido en Julliard, en Nueva York. El accidente no fue demasiado serio; el coche de su amigo chocó con un taxi. Carrie se rompió dos costillas y se hizo algunos rasguños, pero la peor parte se la llevó el dedo meñique de la mano derecha. Aunque para la mayoría de las cosas está en perfectas condiciones, los médicos le dijeron que no podría seguir adelante con su carrera de concertista; no obstante sigue siendo una magnífica pianista. No sabría explicarte el golpe que ha supuesto para todos nosotros. Pero bueno,

Carrie es muy valiente y seguirá luchando como lleva haciéndolo toda su vida.

—¿Te refieres a la relación con su madrastra? —preguntó Royce con intuición.

James asintió con tristeza, porque sabía que podía confiar en él.

—Mi hermana era tan bella como Carrie, era una mujer inolvidable. Murió en un estúpido accidente cuando mi sobrina tenía solo tres años: se cayó y se golpeó la cabeza. —El padre de Carrie estuvo a punto de volverse loco; la verdad es que Jeff y yo nunca hemos sido muy buenos amigos, así que no fui capaz de ayudarlo. El caso es que comenzó a beber de forma descontrolada. Eso se acabó hace ya mucho tiempo, pero en su desesperación acabó casándose con Glenda, que por aquel entonces era su secretaria. Parece ser que ella llevaba toda la vida enamorada de él.

—Así que ella hizo todo lo posible para que las cosas ocurrieran de ese modo.

—Sí —admitió James—. Melissa nació poco tiempo después. Glenda nunca quiso a Carrie. Su padre la adora, pero lo cierto es que no consigue comprenderla, lo mismo que le ocurría con mi hermana. Glenda tiene mucho cuidado cuando Jeff está cerca. Pero desde mi punto de vista, nunca se ha preocupado lo más mínimo por Carrie, ni le ha dado el cariño que habría necesitado. Para complicar aún más las cosas, mi sobrina siempre ha sido la más inteligente y la más guapa de la familia; seguramente lo heredó de mi hermana.

—Así que la madrastra tiene celos del cariño que su marido le da a su hija y también del talento de Carrie.

—Me temo que eso es exactamente lo que ocurre. El problema es que Glenda le ha transmitido a Melissa ese sentimiento de competitividad, y siempre sale perdiendo frente a Carrie. Glenda nunca habría permitido que las dos niñas se hicieran amigas.

—¿Y el padre de Catrina no controló la situación? James negó con la cabeza.

—Glenda es muy hábil y siempre ha hecho ver a los demás que se sentía tan orgullosa de Carrie como lo estaba Jeff. La verdad es que estaba emocionada ante la idea de que hubiera conseguido una plaza en Julliard, porque eso habría significado que tendría que vivir en Nueva York. Por desgracia eso ya no sucederá.

—Yo... no sabía nada de eso —murmuró Royce apesadumbrado.

—Había pensado contártelo, pero tú tenías tus propios problemas.

—Está claro que tu sobrina es muy infeliz.

—Pero está luchando por superarlo. Lleva

más de un año sin tocar el piano.

—¿Y qué es lo que hace entonces? —preguntó él con rapidez—. ¿Da clases? Eso sería muy duro en su situación.

—Lo es. Llevaba años estudiando para convertirse en concertista, no para enseñar.

—No creo que le convenga el trabajo de niñera. Yo más bien pensaba en una persona tranquila a la que no le importara estar alejada de la vida social y los novios, pero ella tiene demasiadas cosas que la atormentan.

—Yo tampoco creo que ser niñera sea lo suyo, pero me ha dejado muy claro que lo que realmente desea ahora mismo es alejarse de todo esto. Al menos durante un tiempo.

—¿Cuánto tiempo? —preguntó Royce con la claridad que lo caracterizaba.

—Es imposible decirlo —la voz de James reflejaba su profunda preocupación—. Por ahora Carrie siente la rabia y el dolor como si el accidente hubiera ocurrido ayer. Lo que sí es verdad es que es una maravilla con los niños, al menos lo era antes de que toda se le viniera abajo. Tenía chispa y vitalidad. Es una pena que haya perdido gran parte de su confianza en sí misma.

—¿El accidente la ha vuelto miedosa?

—En ciertos aspectos, sí —matizó James—. Sin embargo, hoy me ha asegurado que está decidida a marcharse de casa; no sé qué tal se lo va a tomar su padre.

—Seguro que es la mejor solución —opinó Royce enseguida—. ¿Y dónde va a vivir?

—Donde ella decida, Liz y yo la ayudaremos en lo que nos pida. El problema va a ser el enfrentamiento con su padre, que siempre ha sido muy posesivo —James dejó entrever la antipatía que sentía por su cuñado—. Eligió la peor mujer para convertirse en madrastra de Carrie.

—Todo esto debe de ser horrible para ella.

Justo en ese momento Royce McQuillan tomó una decisión.

Carrie pasó una hora más vagando por los grandes almacenes sin comprar nada. Nada le llamaba la atención, lo único que deseaba era retrasar lo más posible el momento de volver a casa. Para ella resultaba muy difícil llevar toda la vida siendo la preferida de su padre, y que además este no hiciera el menor esfuerzo por ocultárselo a Melissa y a Glenda. La situación no hacía más que causarles dolor a todos ellos.

Desde que Carrie se había convertido en una mujer, Glenda la odiaba y no parecía sentir ninguna culpa al respecto. De hecho, desde que había quedado claro que no se marcharía a estudiar a Nueva York, su madrastra había mostrado sin ningún pudor la animadversión que sentía hacia ella. Es más, lo hacía con cierto triunfalismo, sabiendo que Carrie jamás se quejaría a su padre. Glenda era consciente de que su hijastra nunca había utilizado su privilegiada posición ante su padre para separarlo de ella. Sin embargo, ese hecho no le había granjeado su simpatía, eso era lo más cruel de todo.

Carrie llegó a la magnífica casa familiar, situada a orillas del río. Se trataba de una mansión colonial que Glenda se había encargado de decorar con un estilo abigarrado y ostentoso. El maravilloso piano que Jeff le había comprado a Carrie a los once años había sido relegado al estudio insonorizado que Glenda había hecho construir en el sótano; y lo cierto era que aquello había supuesto un verdadero alivio para Jeff, ya que, por mucho que quisiera a su hija, nunca había soportado escucharla practicar. No era precisamente un amante de la música. Carrie siempre se había preguntado cómo habrían acabado juntos sus padres siendo tan diferentes, y hacía tiempo había llegado a la conclusión de que su padre debía de ser un gran conquistador, porque no tenían casi nada en común.

En cambio con Glenda sí compartía bastantes aficiones y puntos de vista, aunque eso no le impedía reconocer lo maravillosos que habían sido los años que había pasado junto a su primera mujer. Carrie estaba convencida de que aquella repentina pérdida seguía atormentándolo. Sus mejores años de infancia se habían esfumado de pronto; unos años dorados de los que ella nunca había podido disfrutar. Seguramente su entrega al piano y su preocupación por triunfar en la música habían venido provocadas por una vida familiar que no le proporcionaba la estabilidad y el cariño que una niña necesitaba, y que normalmente recibía de su madre. La música le había permitido aislarse del rencor de su madrastra. Pero ahora tenía que enfrentarse a su padre y no a Glenda.

Entró a la casa sin hacer ruido, por la puerta de atrás y en dirección a su dormitorio. Estaba decidida a no dejarse llevar por la tristeza; al fin y al cabo, no estaba sola. Tenía a James y a Liz y a todos sus amigos… El problema era que todos sus amigos eran músicos y sus carreras seguían adelante, mientras que la de ella se había detenido para siempre.

Había alguien en su dormitorio, se dio cuenta incluso antes de abrir la puerta. Melissa estaba de pie frente al espejo con uno de los vestidos de noche de Carrie en la mano. Era el vestido que se había puesto para su último concierto.

—Hola. ¿Qué haces? —la saludó intentando

no mostrar la irritación que sentía. Melissa siempre le pedía cosas prestadas, a pesar de que ella tenía mucho de todo, cosas que Carrie jamás le pedía.

—No esperábamos que vinieras —respondió Mel—. Me gustaría ponerme esto el sábado, ¿me lo dejas?

Carrie hizo un esfuerzo por sonreír antes de contestar.

—No creo que te quede bien —dijo de modo razonable—. Es muy largo —Melissa era bastante más bajita que ella—. Además, a ti te queda mejor el rojo que el naranja. El rojo te queda muy bien, resalta tu color natural —Carrie se lo explicó en tono cariñoso, pero a su hermana no le sentó nada bien.

—¡Claro! Seguro que a ti te queda mucho mejor, como todo.

—No, a todos nos viene bien escoger los colores que más nos favorecen. No te pongas a la defensiva.

—Y tú no lo estás, ¿no? —replicó la más pequeña al tiempo que tiraba el vestido sobre la cama—. La reina del melodrama con su dedo roto. No sé quién te dijo que conseguirías ser concertista de piano, seguramente te habrías encontrado con muchos otros mejores que tú. Y más en Nueva York.

—No te preocupes porque ya no voy a ir. Y no me estoy quejando, así es que no te pongas en contra de mí.

—¿Por qué? ¿Vas a decírselo a papá? —le preguntó en tono beligerante.

Era una chiquilla morena y guapa, aunque algo gordita. Tenía tal brillo en los ojos que hizo desistir a Carrie.

—Está visto que no podemos hablar —dijo con tristeza—. Vamos, somos hermanas…

—¿Hermanas? —gritó Melissa con el rostro lleno de rabia y celos—. ¿Quiere eso decir que tenemos que querernos?

—Así es como suele ser en la mayoría de las familias —respondió Carrie dándole la espalda para guardar el vestido en el armario.

—Pero tú eres demasiado buena, demasiado inteligente para nosotros. Mamá dice que has arruinado nuestras vidas con tu presencia.

A pesar de que aquellas palabras le hacían un daño increíble, Carrie la miró con calma.

—¿Qué quieres que haga? ¿Quieres que grite yo también? No era más que una niña cuando murió mi madre, pero nunca he querido estropearle la vida a nadie. Deberías pensar cómo te habrías sentido tú en mi lugar.

_¡Vamos! ¡La bella y adorable Caroline!

—Que murió cuando tenía pocos años más que yo ahora —le recordó Carrie con tristeza—. Tenía toda la vida por delante.

—Pero ¿no crees que ha tenido más gloria

estando muerta? —gritó Melissa al borde de la histeria—. Eso dice mamá.

—Pues debería explicar ciertas cosas —cada vez se sentía más furiosa.

—La odias, ¿verdad? Nos odias a las dos.

—Eso es muy injusto, Mel —dijo algo más tranquila poniéndole la mano en el brazo a su hermanastra—. Glenda no debería haberte dicho esas cosas tan horribles. Sabes que nunca nos hemos llevado bien, pero me dolería mucho perderte... Llevamos la misma sangre.

—¡Cómo te atreves! —gritó una voz desde la puerta. Allí estaba Glenda, impecablemente vestida y con los ojos llenos de furia—. Carrie, soy tu madrastra y llevo años cuidándote y dándote todo lo que has necesitado. ¡Eres una desagradecida! Estás intentando poner a Melissa en mi contra.

—Venga, mamá, no empieces —le suplicó su hija con lágrimas en los ojos.

—¡Mira cómo la has disgustado! —la acusó Glenda.

Carrie respiró hondo antes de responder.

—¿Por qué no lo dejas, Glenda? Ya lo estoy pasando bastante mal sin tu ayuda.

—¿Qué quieres...?, ¿compasión?

—Más bien comprensión —corrigió Carrie escuetamente.

—¿Tan especial te crees? Cualquiera diría

50

que eres la única que ha sufrido un revés. Yo también he tenido los míos.

—¡Tú nunca has tenido el talento de Carrie! —intervino Melissa de pronto.

Glenda se quedó lívida al oír las palabras de su hija.

Perdona, Melissa, ¿acaso no llevas años quejándote de los aires que se da Carrie?

—Quizá sea porque estoy celosa. Yo nunca he tenido nada de lo que sentirme tan orgullosa, y daría cualquier cosa por tenerlo: por ser guapa, por parecerme un poco a ella, por ver los ojos de papá iluminarse con solo mirarme, por verlo orgulloso de mí... ¡Dios!

Melissa no pudo resistir más y rompió a llorar, pero cuando intentó salir de la habitación, su madre la agarró por las muñecas.

—Nunca te menosprecies de ese modo, cariño. Tu padre te adora.

—Sí, claro. Al lado de Carrie yo resulto patética. Ni siquiera conseguí entrar en la universidad; papá estaba tan decepcionado...

—Mel, por favor —Carrie estaba consternada por lo que estaba escuchando—. Ir a la universidad no es tan importante —aseguró con los ojos llenos de lágrimas ella también—. Ya encontrarás algo que te guste hacer.

—¿El qué? No sé hacer absolutamente nada. Soy una estúpida... Todos lo sabemos.

—Vamos, solo tienes que experimentar diferentes cosas —intentó hacer entrar en razón a su hermanastra—. Eres una cocinera estupenda. Podrías estudiar para ser *chef*.

—¡No quiero que mi hija se dedique a ir de restaurante en restaurante! —intervino Glenda, incapaz de negar que su hija fuera buena en la cocina.

—¿Por qué? —preguntó Melissa sorprendida.

—¡Vamos, cariño! Tu padre es rico, no tienes por qué trabajar en nada. Puedes ayudarme a mí.

—Carrie, ¿de verdad crees que podría convertirme en *chef*? —no hizo caso a las palabras de su madre y se volvió hacia Carrie con una incipiente sonrisa en el rostro.

—¡Por supuesto! No sé cómo no lo has pensado antes.

—Mira, Carrie —intervino de nuevo Glenda con innovada agresividad—, deja de meterle esas ideas en la cabeza.

—No es mala idea —interrumpió su hija.

—¡Dios mío! —Glenda miró a Carrie—. Escucha, no sé cómo lo vas a hacer ni qué le vas a decir a tu padre, pero quiero que te largues de aquí. Ya nos has amargado la vida suficientemente.

—¡Mamá, por favor!

—No te preocupes —respondió Carrie—.

Será mejor para todos que me vaya.

—No de este modo —dijo Mel llorando—.

Es horrible. —Melissa, no te metas en esto —le advirtió Glenda tajantemente—. Las cosas no se arreglan solo porque te haya sugerido un empleo. Lleváis años peleando... Además, ¿no quieres que tu padre te preste atención? Lo hará si ella no está por aquí.

—Puede ser... —Melissa estaba confundida.

—No os preocupéis —intervino Carrie intentando encajar el golpe—. Hablaré con papá y me pondré a buscar un lugar donde vivir.

—Estoy segura de que tú también serás más feliz así —dijo Glenda con más suavidad—. Debes saber que he intentado con todas mis fuerzas... —la interrumpió el timbre de la puerta principal—. Debe de ser el florista. Melissa, deja a tu hermana y baja conmigo. Estoy segura de que Carrie tiene un montón de cosas en las que pensar.

Al quedarse a solas, Carrie fue consciente del dolor que sentía por dentro. Tenía la sensación de que iba a romperse en pedazos. Aun así, reprimió las lágrimas y decidió seguir luchando. En ese momento Melissa entró corriendo en la habitación con cara de sorpresa.

—Carrie, hay alguien que quiere verte. ¡Es

el tipo más guapo que he visto en mi vida!

—¿Quién es? preguntó enjugándose las lágrimas.

—Dice que se llama Royce McQuillan. Tiene una voz preciosa.

—¿Me estás tomando el pelo? —pero sabía que no estaba haciéndolo.

—Está en el salón hablando con mamá, que está encantada.

—Ahora mismo bajo —dijo dirigiéndose al baño.

—No hace falta que te cambies, estás perfecta.

—¡Aquí estás, cariño! —exclamó Glenda al verla aparecer, y lo hizo con la fingida dulzura que adoptaba en cuanto había alguien delante—. Tienes una visita.

Royce McQuillan se puso en pie, tan guapo e imponente como lo recordaba. La miró sonriendo de la forma más seductora.

—Me alegro de verte, Catrina. Es que estaba por esta zona.

—Es un detalle que hayas pasado por aquí —respondió Carrie encantada.

—Verás, mañana vuelvo a casa —comenzó a explicarle—. Se me ha ocurrido que podríamos cenar juntos esta noche. Si estás libre, claro.

—Estaré encantada de cenar contigo —aquello era una sorpresa maravillosa.

Royce se acercó a ella y le tomó la mano sin dejar de mirarla a los ojos.

—Entonces nos vemos esta noche.

—Estupendo. ¿A qué hora?

—¿Estarías lista a las siete? Sé que no te he avisado con mucho tiempo.

—Estaré preparada a las siete en punto —respondió sonriente.

—Ha sido un placer conocerla, señora Russell —dijo mirando a Glenda—. Y también a ti, Melissa. Catrina me había hablado de las dos. Siento irme tan deprisa, pero tengo que ver a alguien antes de regresar al hotel. Catrina, ¿te importa acompañarme hasta el coche?

—Carrie asintió—. Bueno, estoy seguro de que volveremos a vernos —se despidió de las dos mujeres con toda corrección, mientras ellas lo miraban anonadadas.

Salieron de la casa en silencio y se dirigieron al coche, que estaba entre los macizos de flores del jardín.

—¿Has estado llorando? —le preguntó él.

—No —respondió intentando aparentar seguridad, pero su voz sonó temblorosa.

—Tu hermanastra no se parece nada a ti.

—Es lógico. Parece ser que yo soy la viva imagen de mi madre.

—Debía de ser preciosa.

—Sí —contestó Carrie como si el piropo no hubiera ido dirigido a ella.

—También puedo entender hasta qué punto te lo puede hacer pasar mal tu madrastra —añadió Royce apesadumbrado.

Carrie lo miró sorprendida, ya que Glenda había estado encantadora con él.

—¿Te ha dicho algo inconveniente?

—No, no. Es que me ha parecido adivinar algo en sus ojos... ¿Estás bien? —le preguntó después de una pausa.

—Perfectamente —decidió que era momento de ir al grano—. ¿Por qué has venido? ¿Por qué les has dado a entender a Glenda y a Melissa que éramos... amigos?

Royce la miró con aire pensativo antes de responder.

—Verás, Carrie, es difícil no sentir simpatía por ti.

La verdad es que me consoló saber que no era yo el que te provocaba ese nerviosismo esta mañana.

—¿Jamie te ha contado algo de mi accidente? —le preguntó poniéndose a la defensiva.

—Sí, y ojalá me lo hubiera dicho antes. Nos hemos hecho muy amigos, pero te quiere tanto que le resultaba imposible hablar de tu dolor. Lo comprendo perfectamente.

—¿Ah, sí? —replicó, incrédula.

—¿Es que crees que nunca he querido a nadie? —era obvio que lo había herido.

—Lo siento claro que no lo creo, sé que quieres a alguien.

—Eso está mejor —dijo él sonriendo de nuevo—. Estoy seguro de que vamos a llevarnos muy bien. Creo que podría ayudarte a salir de esta situación... Y tú a cambio podrías ayudarme con Regina.

—¿Estás diciendo que quieres contratarme? —Carrie se había quedado con la boca abierta.

—¿Qué demonios te hace esa mujer? —preguntó Royce al ver la alegría con la que ella había recibido la noticia.

Por un momento, Carrie no encontró la fuerza necesaria para contestar.

—Es solo que no soy su hija, no soy su pequeña... Necesito salir de aquí como sea.

—Para que deje de hacerte daño.

—No lo sé. En realidad Glenda no es tan mala.

—No me dio esa impresión por las cosas que me contó James. Pero claro, tú eres muy joven todavía.

—No como tú... —lo desafió ella, pero enseguida se dio cuenta de que no quería comportarse de aquel modo—. Siento haber sido tan maleducada. Contigo sale esa faceta de mí.

—Me imagino que es porque te sientes furiosa con el mundo —le explicó Royce con un gesto sutilmente burlón.

—No es fácil asimilar que todos tus sueños se han derrumbado para siempre.

—Sé perfectamente a qué te refieres. Bueno, puedes contármelo todo durante la cena —se acercó a ella y, provocándole un verdadero sobresalto, la besó ligeramente en la mejilla.

—¿Por qué has hecho eso? —le preguntó Carrie con voz temblorosa.

—Para entretener a tu madrastra, que no se ha apartado un momento de la ventana.

—¡Se lo dirá a papá!

—No me importa lo más mínimo a quién se lo diga, ¿a ti si? Además, un inocente beso en la mejilla no quiere decir que esté a punto de secuestrarte.

—¿Y quién se supone que voy a decir que eres?

Royce se echó a reír muy divertido con la situación.

—Me temo que por ahora soy tu caballero andante. No te preocupes, Catrina, ya inventaremos una buena historia durante la cena. Ahora tengo que irme —añadió metiéndose en el Jaguar—. Por cierto, ponte muy guapa, vamos a ir a un sitio estupendo. Esta noche merece algo bonito.

Era una manera perfecta de despedirse para un caballero andante.

★　★　★

Cuando volvió a la casa, Glenda y Melissa la esperaban en la entrada, ansiosas por saber más.

—¿Qué tienes que contarnos? —le preguntó su madrastra riéndose, pero dejando entrever un atisbo de envidia—. Qué callado te lo tenías. ¿Tenías miedo de que tu padre te prohibiera verlo? Seguro que está casado, ninguna mujer podría dejar escapar a un hombre así.

—Venga, Carrie —intervino Mel, impaciente—. Ahora ya puedes contárnoslo.

—¿Por qué, Melissa? —preguntó Carrie, furiosa al recordar que solo unos minutos antes la habían echado de casa—. No es asunto vuestro, ahora menos que nunca. Cuando llegó… Royce, acabábamos de decidir que me iría de aquí —solo pronunciar su nombre la hacía tartamudear.

—¿Acaso estás pensando en irte a vivir con él? —la acusó Glenda con los ojos entrecerrados.

—¿Por qué te molesta la idea?

—Sabes que tendría que decírselo a tu padre.

—Mira, Glenda —comenzó a hablar, furiosa pero controlándose—. Tú no tienes ninguna autoridad sobre mí. Adoro a mi padre, pero tengo veintidós años y ya va siendo hora de que me establezca por mi cuenta. Royce es un amigo, pertenece a una familia muy respetada y sí, estuvo casado y tiene una hija.

—¿Quieres decir que está divorciado?

—Por desgracia muchos matrimonios acaban así. Solo papá y tú viviréis felices para siempre —respondió con sarcasmo.

—¿Estás enamorada de él? —intervino su hermana—. Seguro que sí, es guapísimo.

—No, Mel, no estoy enamorada de él —dijo ella imaginando qué diría su hermanastra si supiera que acababan de conocerse.

—No creas que vas a poder ocultárselo a tu padre —volvió a la carga Glenda en tono amenazante—. Además, me ha parecido un poco peligroso, es mucho mayor que tú. Está claro que estáis teniendo una aventura.

—Pues eso es algo en lo que no vas a poder entrometerte —contestó Carrie con firmeza y sin alterarse.

Tu padre se va a quedar de piedra cuando se entere.

—Puede ser, pero mi padre confía en mí y sabe que sé cuidarme sola.

—¡Pensar que nos has engañado a todos! Nos has hecho ver que estabas derrumbada

—exclamó Glenda como si los hubiera traicionado—. Y mientras tanto tenías un hombre como Royce McQuillan. McQuillan... Estoy segura de que conozco de algo ese nombre —se quedó pensativa intentando dar con la razón por la que le resultaba tan familiar.

—¡Pues a mí me parece que es guapísimo! ¡Qué suerte! —dijo Melissa sin hacer el menor caso del enfado de su madre—. Has encontrado al hombre de tus sueños.

Bueno, por lo menos era el hombre que iba a ayudarla a salir de aquella angustiosa situación.

Para su cita con Royce eligió un vestido amarillo, casi dorado; unas sandalias doradas de tacón alto y, como complemento perfecto, un colgante con un topacio que su padre le había regalado al cumplir veintiún años, y que hacía juego con unos pendientes de oro y ámbar.

Se estaba poniendo un ligero toque de perfume en las muñecas cuando Melissa entró en su dormitorio con un libro enorme bajo el brazo.

—Mamá por fin se ha acordado —anunció abriendo el libro sobre la cama. Se titulaba *Reyes de la ganadería*—. Aquí sale el abuelo de tu novio. El libro es un poco antiguo, pero cuenta todo lo relacionado con la ganadería y las principales figuras del sector. Aquí está: *sir* Andrew McQuillan, dueño de Maramba. Es un hombre muy sofisticado, ¿no crees? Además, se parecen mucho. También hay una foto de la finca; tiene vistas a un lago enorme. ¿No quieres verlo? Está al norte de Queensland.

Carrie fingió no sentir la más mínima curiosidad.

—Ya sé perfectamente cómo es ese lugar —dijo sin darle importancia, pero no pudo resistir la tentación de acercarse a la cama para echar un vistazo.

—No puedo creer que no nos hayas contado nada.

—Es que no hay nada que contar —respondió Carrie con sinceridad—. Ni siquiera conozco bien a Royce McQuillan.

—Pero… si te besó —apuntó Mel con énfasis.

—En la mejilla. Era un beso de amigo.

—Estás preciosa —dijo sin acabar de creerse la explicación de su hermana—. Estoy segura de que él pensará lo mismo.

—Gracias, Mel —respondió con dulzura—. Quiero decirte que siento mucho que creas que te he robado la atención de papá. Nunca he tenido la menor intención de hacer algo así.

Hubo un largo silencio antes de que su hermana respondiera nada.

—Eso es lo que pienso cuando tengo un buen día —admitió por fin Mel—. El problema es, y siempre lo ha sido, que eres mucho mejor que yo en todo. No es nada fácil sentirse siempre por debajo. Supongo que esa es la razón de que mamá y yo siempre estemos atacándote. Lo siento mucho, Carrie. Si fueras tan normal como yo, nos llevaríamos bien.

—¿Pero no te vas a convertir en una cocinera de éxito? —le preguntó intentando deshacer la tensión.

Espero que papá me deje.

—Mel, te aconsejo que no le permitas que te detenga. Eres tú la que tienes que decidir qué hacer con tu vida.

—Bueno, ya veremos —dijo sonrojándose—. Pásalo bien, Carrie. Creo que en el fondo te quiero.

CAPÍTULO 3

ROYCE McQuillan llamó a la puerta a las siete en punto y se la llevó de allí con tal habilidad que Glenda apenas pudo decir palabra.

—Creo que ni yo mismo habría elegido mejor el vestido —dijo con admiración de camino al coche—. Y no hay ni rastro de lágrimas.

—Eres muy observador —comentó Carrie con una emoción que no podía controlar y era solo debida a la aparición de aquel hombre en su vida.

—Si, mucho —respondió él sin querer añadir nada más que pudiera delatar lo que estaba sintiendo en aquel momento. Era demasiado peligroso, dado que se había comprometido a aceptar a esa mujer bajo su mismo techo. Ella no era para nada lo que quería para la niñera de su hija y él tenía demasiados problemas que resolver además de hacerse cargo de Regina. Debía de haberse vuelto loco. Sin embargo, al notar el fresco aroma a su lado en el coche, Royee tuvo la sensación de que estaba haciendo bien—.

Tu madrastra ha insistido mucho en que tengo que conocer a tu padre.

Carrie se quedó unos segundos mirando por la ventana.

—No te enfades y, por favor, no te rías. El caso es que Glenda está convencida de que tú y yo estamos teniendo una aventura. Te prometo que yo no he dicho nada que la haya hecho pensar así. Mi madrastra siempre cree lo que quiere creer.

—Sí, eso me ha parecido. ¿Y tú qué le has contado?

—Solo que eras un amigo, que estás divorciado y tienes una hija.

—¿No le has dicho nada sobre lo de venir conmigo a Maramba?

Se quedó de piedra al oír aquellas palabras.

—No estaba segura de que me quisieras para ese empleo —confesó.

—La verdad es que había pensado en alguien diferente.

Carrie se volvió ofendida.

—¿Qué tienes en contra de mí? Tengo muy buena formación académica, no creo que me resulte difícil enseñar a una niña de seis años.

—Catrina, no era a eso a lo que me refería. No te voy a decir nada que no sepas: tienes formación de sobra para este trabajo y eres preciosa… Eres el tipo de mujer que no pasa desapercibida.

—¡Claro que puedo pasar desapercibida! Lo he tenido que hacer muchas veces en casa, y lo haré si eso es lo que quieres.

—¡De acuerdo! —exclamó él riendo—. ¿De verdad quieres este empleo?

—En este momento lo necesito —admitió Carrie con franqueza—. Poco antes de que tú llegaras esta tarde, Glenda y yo habíamos tenido una discusión. Quiere que me vaya.

—¡Cómo es posible! —protestó indignado—. ¿Y qué ha dicho tu hermana?

—Mel hace lo que le mandan. Solo tiene diecinueve años.

—Sin embargo por lo que me dijo James, tú eres la preferida de tu padre.

—Sí, y te aseguro que eso ha causado gran parte de los problemas. Lo cierto es que papá no se entera de la mayoría de las cosas que ocurren en casa; pasa muy poco tiempo con nosotras y, cuando está, Glenda tiene mucho cuidado.

—¿Y cómo se va a tomar que vengas conmigo? —le preguntó mirándola a los ojos cuando se detuvo en un semáforo.

—Supongo que mal.

—Tienes veintidós años, no puedes seguir siendo su pequeña. Si quieres, yo hablaré con él.

—¿Sí?

—Claro —Royce vio encantado la sorpresa con la que ella lo miraba—. A mí no me haría ninguna gracia que mi hija se largara con un desconocido, especialmente si fuese un hombre divorciado. A lo mejor te tranquiliza saber que en casa hay más gente trabajando. También está mi abuela, Louise, la madre de mi padre, que es una mujer estupenda; y mi tío Cam y su esposa, Lindsey.

—¿Y la mujer de tu tío no puede ayudar a Regina con sus estudios?

—Digamos que a Lyn no es que le encanten los niños.

—¡Vaya! Pobre Regina.

—Ya hemos tenido otras dos niñeras, pero ninguna de las dos pudo hacerse con la niña. La verdad es que ella no puso las cosas demasiado fáciles, a veces puede ser un auténtico demonio.

—Tengo ganas de conocerla —dijo Carrie riendo.

—Deberías hacer eso más a menudo.

—¿El qué?

—Reírte.

—¿Regina suele ver a su madre? —siguió preguntando para no dar importancia a lo que le acababa de decir.

—Hace tiempo que no la ve. Es muy duro para la niña, pero a mí me viene bien.

Digamos que mi ex mujer no es una persona a la que me guste tratar.

—Pero hubo un tiempo en el que la amabas…

—Eso creía yo —admitió como riéndose de sí mismo.

—Lo siento mucho.

—No te preocupes —dijo mirándola solo un segundo—. La que a veces viene a visitarla es Ina, la hermana de su madre, es muy parecida a Sharon… Ya ves mi familia es casi tan inestable como la tuya.

El maître los condujo hasta una mesa iluminada con una vela que tenía vistas al río y a las maravillosas luces de la ciudad. Pero lo que más sorprendió a Carrie fue lo que estaba sucediendo dentro de ella. Le resultaba curioso pensar que solo unas horas antes ni siquiera había oído hablar de Royce McQuillan, y en esos instantes estaba cenando con él y disfrutando mucho de su compañía. También se dio cuenta de que estaban llamando la atención del resto de comensales; los hombres la miraban a ella y las mujeres no podían quitarle la vista de encima a Royce. Ella misma tenía que tomar fuerzas cada vez que lo miraba; era un hombre impresionante que, además, hacía las cosas con mucho estilo. Tenía que reconocer que su aparición había sido como una bendición para ella.

—¿Tienes apetito? —le preguntó él una vez que estuvieron sentados a la mesa.

—La verdad es que no mucho, todo lo ocurrido hoy me ha dejado sin fuerzas —respondió Carríe con sinceridad mientras echaba un vistazo a su alrededor—. No habría podido imaginarme que esta noche acabaría cenando en un sitio así.

—¿Habías estado aquí antes?

—No. Mi padre y Glenda vienen a menudo. Es una preciosidad de restaurante.

Estaba decorado al estilo europeo: las paredes estaban cubiertas de seda azul y adornadas con delicados cuadros de flores.

—Y la comida también es muy buena. ¿Te apetece marisco? Es muy ligero.

Lo cierto era que le daba igual qué comer. Se sentía tan extraña que le parecía estupendo que Royce eligiera por los dos. Y eso fue lo que hizo él; lo primero que pidió fue una botella de delicioso champán.

—No puedo creer que haya alguien capaz de beber una copa de un champán como este y no sentirse mejor después... No te preocupes, Catrina, no estoy intentando emborracharte. Solo estoy tratando de encontrar a la niñera perfecta para mi hija.

—Ya lo sé —respondió ella con cierta aspereza.

—¿Entonces por qué tienes ese brillo en esos bonitos ojos color ámbar?

—Describe «ese brillo» —lo desafió Carrie.

—Parece que estuvieras a punto de salir corriendo —el tono de su voz parecía querer tranquilizarla.

—¿Y te extraña? Vamos, apenas te conozco.

—Sí me conoces. Ya te he dicho que soy tu caballero andante —le dijo adornando sus palabras con una luminosa sonrisa al tiempo que rozaba levemente con sus dedos la mano de Carrie, lo que provocó en ella una cálida reacción que le recorrió el cuerpo de la cabeza a los pies—. Estás preciosa cuando te sonrojas. Hacía años que no veía sonrojarse a una mujer —añadió con tristeza.

—Quizás deberíamos dejar claro cuanto antes quién soy —afirmó ella tajantemente—. Soy la nueva niñera; es decir, tu empleada.

—Y no se debe besar a las empleadas, ¿verdad? —preguntó en tono travieso sin apartar la mirada de sus ojos.

—Ahora entiendo por qué se fueron las otras dos niñeras, y estoy segura de que no tuvo nada que ver con el comportamiento de Regina —atacó Carrie con energía.

Él la miró sonriendo al tiempo que su taciturna expresión se transformaba en un gesto lleno de sensualidad.

—Si crees que yo flirteé con ellas, estás muy equivocada. Lo que me pasa contigo me resulta tan inusual como a ti. Además, es tu altivez lo que me provoca este comportamiento, no puedo evitarlo.

Carrie sabía que estaba jugando con fuego, pero el resplandor de la llama era demasiado atrayente como para alejarse.

—Entonces puede que de vez en cuando te siga el juego —respondió ella con fingida tranquilidad.

—Eso me encantaría, Catrina, pero ambos sabemos adónde nos conduciría.

Nunca en su vida se había topado con un hombre tan peligroso y a la vez tan cautivador.

Durante toda la cena Royce estuvo contándole historias sobre la vida en la explotación ganadera de la que era propietario; la mayoría de esas anécdotas eran deliberadamente divertidas, y Royce afirmaba una y otra vez que le encantaba verla reír. Sin embargo, cuando estaban decidiendo qué pedir de postre, se rompió de repente la armonía que había reinado hasta entonces. Carrie se encontraba de espaldas a la puerta, por lo que no pudo ver a las personas que hicieron, aparición en el restaurante. Lo que sí percibió fue el ostensible cambio que sufrió la expresión de Royce: de pronto una sombra cubrió sus ojos oscuros y comenzó a apretar la mandíbula.

—¿Te ocurre algo? —le preguntó Carrie, aunque era obvio que la respuesta era que sí.

—Es una pena que vayan a estropearnos la noche —contestó frunciendo el ceño—. No te vuelvas, con un poco de suerte no nos verán.

Fuera quien fuera, era harto difícil que no los vieran; sobre todo por la altura y la poderosa presencia de Royce. Efectivamente, solo unos segundos después, se oyó una voz de mujer.

¡Qué preciosidad! —sus palabras estaban cargadas de sarcasmo. Carrie creyó que Royce se levantaría a saludar a la delgadísima mujer que estaba ahora al lado de su mesa, pero él se quedó sentado, mirándola con increíble dureza. Se trataba de una mujer extremadamente elegante ataviada con un vestido plateado que le dejaba al aire la espalda, sobre la que caía en cascada una hermosa cabellera negra—. ¿No es una verdadera belleza? —dijo con sus fríos ojos azules clavados en Carrie—. ¡Y tan joven! Está claro que un hombre como tú siempre necesita tener cerca una mujer guapa. Bueno, Royce, ¿es que no vas a presentarnos?

—Lo siento, Sharon —farfulló él—. Pero no, no voy a hacer ningún tipo de presentación.

—Está bien. Hola, soy Sharon McQuillan —le dijo a Carrie sin inmutarse—. Ya ve, existo. ¿Usted es...?

—Nadie de su interés, señora McQuillan —respondió Carrie, aunque sin mostrar ni un ápice de descortesía.

—Pues yo tengo la sensación de que sí me interesa —era obvio que estaba molesta e incluso furiosa.

—Sharon, creo que deberías aceptar de una vez por todas que formas parte del pasado —intervino Royce.

—Eso es imposible. ¡Siempre fuiste un tipo cruel, Royce!

—Pues deberías dejar de preocuparte, porque ya estoy fuera de tu vida —el tono de ambos era ya abiertamente crispado—. Así que ¿por qué no vuelves con tus amigos? Llevan ya un buen rato mirando hacia aquí. Veo que Ina está contigo.

Sharon soltó una malévola carcajada.

—Mi hermanita es tan insegura que no consigue despegarse de mis faldas. Por cierto, Royce, te agradecería enormemente que no le permitieras ir a tu casa tan a menudo. Supongo que te habrás dado cuenta de que utiliza a Regina como excusa; al que realmente quiere ver es a ti.

Fue entonces cuando Carrie comprendió las visitas de la tía de la pequeña.

—Veo que seguís celosas la una de la otra. No sé de dónde sacáis la energía —comentó él en tono burlón—. ¿Por qué no te vas sin armar jaleo, Sharon? Ya llevas aquí de pie demasiado tiempo.

Sharon se agachó ligeramente para decirle algo a Carrie.

—No dejes que te humille como me ha humillado a mí. Ten por seguro que te cautivará como hace con todas, pero a la larga no te dará el menor cariño. Lo sé por experiencia.

Quizá fuera la solidaridad femenina lo que llevó a Carrie a contestar.

—Señora McQuillan, le aseguro que, como ya le he dicho antes, está usted viendo algo donde no hay nada.

—Lo siento, pequeña, pero eso me resulta imposible de creer —dijo sin dejar de mirarla fríamente—. Tengo experiencia en estos temas y veo perfectamente que eres alguien para mi marido.

Harto de la situación, Royce se puso en pie y miró a Sharon por encima del hombro.

—Ex marido —corrigió tajantemente—. No creo que sea necesario que te lo recuerde, ¿verdad? Será mejor que seamos nosotros los que nos marchemos —anunció dirigiéndose a Carrie—. Buenas noches, Sharon.

En ese momento esta puso en práctica su último movimiento: se acercó a Royce y le plantó un beso en la mejilla, aunque claramente iba dirigido a la boca.

—Buenas noches, cariño —después se volvió hacia Carrie—. Buenas noches, señorita, sea quien sea.

—Adiós, Sharon —intervino él rápidamente—. No te preocupes, le daré un beso a tu hija de tu parte.

—Hazlo, cariño —respondió dándoles la espalda.

—¡Dios! —exclamó Carrie una vez que la otra mujer se hubo alejado.

—Lo siento mucho —se disculpó Royce—. Ha sido muy mala suerte, Es la primera vez desde hace meses que salgo a cenar y he tenido que encontrarme con ella.

—Ha debido de ser muy doloroso.

—No en el sentido que tú crees. Si me duele es por Regina; Sharon la rechazó desde el día que nació.

Carrie intentó ser comprensiva con la ex mujer de Royce, aunque le resultaba extremadamente difícil.

—Quizá sufrió una depresión postparto.

—Catrina, Sharon nunca pudo sentir nada por su hija porque no deseaba tenerla desde el primer momento. Y ha seguido —demostrándolo una y otra vez; Regina nunca ha tenido el amor de una madre.

—Eso es horrible. Seguro que la niña se siente muy unida a ti.

—Sí —admitió él con tristeza—. Por eso muchas veces no comprende que hay ciertos sitios a los que no puedo llevarla; nos cuesta muchos disgustos cada vez que tengo que irme por trabajo y no puedo llevármela. En eso se parece mucho a su madre. Aparte de eso, sí, tenemos una relación maravillosa, no como con Sharon.

—Te ha estropeado la noche.

—Y a ti. Te has quedado pálida.

—Es obvio que todavía te quiere.

—No tiene nada que ver con el amor, lo que ocurre es que no acepta perder algo que ella considera suyo... Olvidémoslo, ¿qué te parece si vamos a tomar el café a otro sitio?

—No te preocupes por mí. Lo he pasado muy bien, me iré a casa encantada —aseguró Carrie con tranquilidad.

—Eso no me lo creo —sabía que no podía sentirse encantada de volver junto a su madrastra.

—Tienes razón —admitió con una triste sonrisa—. Quiero decir, que no me importa irme a casa.

—No, vamos a tomar un café. No hay ninguna prisa, seguro que conoces algún sitio de moda al que llevarme.

—La verdad es que sé un sitio donde sirven el mejor café del mundo.

Pero justo cuando se disponían a salir del restaurante, Ina se acercó a ellos, aunque Royce ya la había saludado de lejos.

—¡Qué maravillosa sorpresa verte, Royce! ¿Qué te ha traído a la ciudad?

—Trabajo, por supuesto —respondió él mientras aceptaba sin inmutarse un beso en la mejilla—. ¿Qué tal estás, Ina? —preguntó con un tono indiferente y sin la menor intención de presentar a Carrie, porque era evidente que era a eso a lo que se había acercado la otra.

Las dos hermanas eran del mismo estilo, las dos igualmente elegantes y delgadas, pero Ina mostraba una clara falta de seguridad en sí misma.

Carrie estaba fingiendo estar absorta observando uno de los cuadros cuando Royce le puso la mano en el hombro y la condujo hacia la salida.

—Lo siento muchísimo. Quiero que disculpes mi mala educación por no haberte presentado, pero no quería darles ese gusto.

—No tenía la menor idea de que fuera capaz de provocar tanta curiosidad —respondió Carrie intentando no revelar la inquietud que le estaba provocando sentirlo tan cerca.

—Me temo que su curiosidad se basa solo en que vayas de mi brazo.

Salieron del restaurante en silencio y pasearon bajo el cielo estrellado hasta que un coche que pasaba más rápido de lo normal hizo que Carrie se sobresaltara. Aunque había mejorado mucho desde el accidente, había ciertos temores que no lograba quitarse de encima.

_Tranquila, Catrina —le dijo él con suavidad al tiempo que la rodeaba con sus brazos y ella, dejándose llevar, descansaba la cabeza en su hombro. Carrie sintió como si su cuerpo se hubiera convertido en líquido por dentro. Nunca había tenido tiempo para tomarse en serio una relación, había estado demasiado centrada en sus estudios; aun así, era consciente de que jamás había experimentado una verdadera pasión, un deseo incontrolable.

Hasta ese momento.

Royce pasó la mano por su espalda. Podía notar su suave olor masculino, su fortaleza. Sabía que aquel era un hombre que podría romperle el corazón.

Él estaba sintiendo el mismo poderoso deseo que invadía a Carrie. ¿Cómo era posible que algo así hubiera surgido de repente? El cuerpo de ella parecía tan frágil entre sus brazos... Deseaba besarla con todas sus fuerzas, y no quería parar ahí. No había tenido relaciones íntimas desde que se había separado de Sharon, pero siempre había sabido controlarse.

Hasta ese momento.

La necesidad de tenerla más y más cerca de él era como el ansia de beber en mitad del desierto. Solo quería sentir esas frescas gotas en su lengua y saborearlas...

¡Dios! ¿Qué estaba ocurriendo? Solo rozar su nuca por debajo del pelo hacía que se le erizara el vello. Sabía que tenía que detener aquella situación, por muy difícil que le resultara. Tomó el rostro de Carrie entre las manos y observó el rubor de sus mejillas.

—Me encantaría seguir así horas —dijo por fin intentando parecer relajado—, pero nos van a atropellar si nos quedamos aquí.

Lo cierto era que no había un coche en muchos metros a la redonda, pero de algún modo tenía que volver a la realidad. Debía recordar que aquella mujer era la nueva niñera de su hija y que, además, ya tenía demasiados problemas que solucionar en su vida.

CAPÍTULO 4

CARRIE tenía por delante la dura tarea de convencer a su padre de que necesitaba salir de allí. Estaban sentados a la mesa durante el desayuno y el ambiente era muy tenso.

¿De verdad quieres ser niñera, hija? —preguntó Jeff Russell, dolido y sin comprender nada—. ¿Por qué demonios quieres hacer algo así? —parecía que le hubiera dicho que quería dedicarse a algo vergonzoso—. Llevas un montón de años estudiando música y ahora quieres encerrarte en mitad del campo... No lo entiendo, tiene que haber alguna otra razón. Y ese McQuillan... —añadió con energía—. ¿Te has enamorado de él?

Carrie miró fijamente a su padre sin contestar. No se había enamorado, bueno, creía que no. Prefería pensar que no lo había hecho, aunque la noche anterior no se habría separado de él si de ella hubiera dependido. Podría haber hecho con ella lo que hubiera deseado. ¡Dios! Pero ¿por qué no? Aquel hombre era irresistible.

—Carrie... ¿Vas a seguir ahí sin decir ni palabra?

—Lo siento, papá —reaccionó ella volviendo a la realidad—. Sé que me quieres y que solo deseas lo mejor para mí, pero creo que no comprendes por lo que estoy pasando desde el accidente. Puede que no te lo parezca, pero destruyó todos mis sueños. Necesito escapar de todo esto durante un tiempo. Tengo que mantenerme alejada de todo lo relacionado con la música.

Su padre explotó al oír aquellas palabras. —¡Después de todo el dinero que nos hemos gastado! Solo con lo que costó el piano... ¿Qué padre es capaz de gastarse esa fortuna? No sé cómo puedes decir que no me importa. Eres mi hija. Siempre he hecho todo lo que he podido por ti. No puedo permitir esto.

Carrie entrelazó las manos para intentar dejar de temblar. Su padre era un hombre muy impetuoso, ella no podía dejar que se impusiera.

—Papá, tengo veintidós años —le recordó con suavidad—. Ya soy una persona adulta y necesito encontrar mi lugar por mí misma.

—¿Sin dinero? —replicó furioso—. Nunca te has tomado el dinero en serio porque nunca te ha faltado.

—Siempre estaré en deuda contigo, papá.

Ahora necesito que me dejes espacio. No te preocupes por el dinero; con ese empleo tendré de sobra para vivir. Además, tengo el dinero de la abuela por si alguna vez necesito algo.

—No lo entiendes —ahora la furia había dejado paso a una profunda tristeza—. No podré soportar que te marches. Eres mi primera hija, la alegría de mi vida, lo único que me queda de tu madre.

Aquellas palabras llenaron de pesar también a Carrie.

—Tienes otra hija que también te quiere muchísimo. Y tienes a Glenda.

—Lo sé y yo también las quiero, pero no del modo que te quiero a ti.

De una forma casi obsesiva, pensó Carrie.

—Y eso ha hecho que la situación sea cada vez más difícil.

—Espero que tu hermana no tenga nada que ver con tu marcha —le dijo muy enfadado—. Es obvio que siente celos de ti.

—¡Mel no tiene nada que ver con todo esto! —exclamó ella con impotencia—. Tengo que irme de aquí y estar algún tiempo sola. El señor McQuillan pasará hoy por tu oficina para hablar contigo.

—¡Claro que voy a hablar con él! Ese señor McQuillan podría contratar a cualquier otra niñera. No sé qué demonios quiere de ti. Glenda dice que está divorciado.

Carrie lo miró con amor y con pena al mismo tiempo.

—¡Todo esto es ridículo! —siguió quejándose su padre—. Seguro que James lo ha organizado todo. Siempre ha estado en contra mía, por mucho que se esfuerce por disimularlo. Ese señor McQuillan se habrá enamorado de ti y solo está buscando la manera de tenerte a su lado de un modo respetable. ¡No voy a tolerarlo! —añadió al tiempo que se ponía en pie de golpe.

Carrie se levantó también desafiándolo, algo que no mucha gente se atrevía a hacer con Jeff Russell.

—Papá, tu visión de la situación no podría ser más errónea —le dijo intentando mantener la calma—. El señor McQuillan está siendo muy amable conmigo; de hecho, no soy el tipo de persona que tenía en mente para el trabajo. Fui yo la que insistió para que me lo diera a mí; lo convencí de que lo necesitaba para superar la tristeza que está desbordándome. Te suplico que lo comprendas. Dices que me quieres... —tuvo que dejar de hablar porque los ojos se le habían llenado de lágrimas y tenía un nudo en la garganta.

—¡Carrie, cariño! —exclamó su padre perplejo ante su reacción—. No pensé que te encontraras tan mal. No quiero verte en este estado, me rompe el corazón. Necesitas el amor y el apoyo de tu familia, no importa lo que pienses. Puedes tomarte unas vacaciones, hacer un viaje a cualquier lugar del mundo. Melissa y Glenda pueden ir contigo. No sé cómo no se me había ocurrido antes.

—No quiero hacer ningún viaje, papá —lo que no pudo decir fue que menos aún lo haría acompañada de Glenda.

—Cariño, yo sé perfectamente lo que es tener una depresión, lo sufrí cuando murió tu madre. No te preocupes, hablaré con el señor McQuillan. Glenda me lo ha contado todo sobre él y su familia —se acercó a su hija y le dio unas palmaditas en el hombro—. Déjaselo todo a tu padre, preciosa.

Glenda esperó hasta que Jeff se hubo marchado para entrar a enterarse de todo.

—Bueno, ¿cómo ha ido todo? —preguntó sin intentar siquiera ocultar su curiosidad.

—Se me ha quedado frío el café, voy a hacer otro. ¿Quieres tú uno? —Carrie intentó retrasar el momento mientras recobraba la tranquilidad.

—Me gustaría saber qué te ha dicho tu padre —afirmó tajantemente.

—Diga lo que diga mi padre; que por cierto no quiere que me vaya, voy a aceptar ese trabajo —anunció Carrie.

—¿Qué trabajo? Debes de pensar que soy tonta si crees que me voy a creer lo del trabajo. Está claro que te vas para estar con él.

—Si eso es lo que piensas, efectivamente eres tonta —replicó la joven con calma.

—¡Ya está bien! Puedes dejar de fingir que eres la hija perfecta. Llevas años acaparando a tu padre para que no haga el menor caso a Melissa e intentando apartarlo de mí.

Por primera vez en su vida, Carrie decidió dejar de controlarse y decirle todo lo que le viniera en gana.

—¡Vamos, Glenda! Eso es mentira y lo sabes —dio un paso hacia delante, de forma que dejó a la otra mujer, que era mucho más bajita, acorralada contra la pared—. Yo no he tenido nada que ver con el comportamiento de mi padre. Y no te engañes pensando que alguna vez te has portado bien conmigo. Nunca te he importado lo más mínimo, por eso no hiciste el menor esfuerzo por darme el afecto que necesitaba de pequeña. Yo te habría querido gustosa, pero tú nunca me dejaste. Solo voy a pasar en esta casa unos días más y te sugiero que te mantengas alejada de mí porque si no, te prometo que le diré a papá cómo te has portado conmigo todos estos años. Y sabes perfectamente que él me creería.

Glenda reconoció aquella desagradable verdad con una mueca de rabia.

Su padre la llevó al aeropuerto intentando sonreír a pesar del disgusto que sentía. Carrie no sabía qué le habría dicho Royce, pero desde su encuentro, su padre había estado mucho más tranquilo y había aceptado que un cambio de aires sería beneficioso para su hija.

Royce le había hablado de su familia y de toda la gente que vivía en Maramba, lo cual había alegrado mucho a Jeff. Era obvio que le había dado muy buena impresión al exigente señor Russell, tanto que este había insistido en ir a despedirla al aeropuerto.

Mientras la abrazaba, le aseguró que, si las cosas iban mal, tenía una familia que la esperaba con los brazos abiertos. Carrie pensó que teniendo en cuenta lo inteligente que era para muchas cosas, su padre parecía estar ciego a la hora de ver lo que estaba ocurriendo en su propia casa.

Un vuelo de mil quinientos kilómetros la llevó a la zona tropical, una zona llena de plantaciones de mango y otras frutas exóticas al lado del Gran Arrecife de coral, la octava maravilla del mundo, que se extendía a lo largo de casi trescientos kilómetros. Carrie observaba maravillada el paisaje desde el avión, incapaz de creerse que estaba allí realmente.

Royce McQuillan le había avisado que, si él no podía ir a buscarla al aeropuerto, mandaría a alguien que estaría esperándola cuando llegara. Una vez en tierra, Carrie comprobó que el paisaje era aún más verde de lo que había imaginado, y también hacía más calor de lo que había previsto. Por fortuna, llevaba una falda y una camisa de lino blancas y unas sandalias adecuadas para las altas temperaturas.

Mientras esperaba el equipaje llena de nerviosismo, tuvo que recordarse que estaba allí para convertirse en la niñera de Regina, algo que no habría podido creer si alguien, se lo hubiera dicho solo una semana antes. Esperaba hacer bien su trabajo; creía que podría ayudar a la niña con sus deberes, al fin y al cabo ella siempre había sido muy buena estudiante. Pero sobre todo, tenía la esperanza de poder servirle de ayuda en otras cosas y hasta de hacerse amiga suya. Por un momento recordó asustada que Royce le había asegurado que Regina podía ser un verdadero demonio, claro que lo había dicho sonriendo. Solo deseaba no fracasar. De todos modos necesitaba alejarse de su casa, incluso si no volvía a pasar un minuto a solas con Royce.

Para sorpresa suya, nadie fue a buscarla al

aeropuerto. Después de esperar más de una hora y media, empezaba a sentirse algo triste e intranquila. ¿Sería posible que Royce se hubiera olvidado de ella? Quizás había ocurrido algo en la explotación... Cuando llevaba allí dos horas, se acercó una azafata a preguntarle si tenía algún problema.

—Tenía que venir a buscarme alguien de Maramba —le explicó Carrie—. ¿Sabe usted dónde está esa finca?

—Todo el mundo aquí conoce Maramba —le explicó la azafata sonriente—. Es una de las explotaciones más importantes del mundo. La familia McQuillan es muy famosa en esta zona. ¿Conoce a Royce McQuillan? —le preguntó emocionada, estaba claro que ella sí lo conocía.

—Soy la nueva niñera de su hija.

—¡Vaya! No tiene usted pinta de niñera en absoluto, y eso que he visto a muchas.

—¿Por qué no?

—Pues porque, al bajar del avión, me ha parecido usted una estrella de cine. Escuche, ¿por qué no llama a la casa y se asegura de que va a venir alguien a buscarla?

—Sí, será lo mejor. No tardaré mucho —se alejó mientras la otra mujer se quedaba cuidando de su equipaje.

En Maramba, una mujer no muy amable le aseguró que el señor McQuillan no sabía nada de su llegada y que debía tomar uno de los autobuses del aeropuerto hasta la ciudad y, una vez allí, dirigirse al hotel Paradise. El ama de llaves no parecía creer que Carrie hubiera mandado ese fax con toda la información sobre su llegada.

Colgó el teléfono decepcionada y pensando que aquello no era un buen comienzo. Lo que la alivió fue que aquella voz no perteneciera a nadie de la familia, porque aquella mujer parecía una auténtica fiera.

Vio la puesta de sol desde el balcón de la habitación que le dieron en el hotel para que esperara mientras se ponían en contacto con el señor McQuillan.

¿Qué habría pasado con su fax? Estaba segura de que había llegado porque la máquina de la oficina de su padre así se lo había confirmado.

Cuando estaba a punto de pedir algo de comer al servicio de habitaciones, y decidida a ponerlo en la cuenta de su jefe por haberla hecho esperar, llamaron a la puerta.

Al igual que la primera vez que lo había visto, Royce la dejó sin respiración al aparecer al otro lado de la puerta. Iba vestido con su ropa de trabajo: vaqueros gastados, camisa caqui y botas camperas. Tenía el pelo alborotado y estaba más atractivo que nunca.

Sin embargo, sus palabras no fueron tan agradables como su aspecto.

—Podrías habernos avisado, ¿no?

—Y lo hice.

—¿Cómo? —preguntó estudiándola de pies a cabeza.

—Por fax. Y puedo demostrártelo si es necesario... Bueno, en realidad creo que tiré el papel de la confirmación.

—¿Mandaste un fax? —según decía eso, se dejó caer sobre el sillón más cercano.

—¿Qué pasa? ¿No me crees? —Carrie no pudo evitar un tono excesivamente provocador, al que él respondió con una mirada explosiva.

—No creo que debas hablarme así, se supone que ahora eres la niñera de mi hija.

—De acuerdo, de ahora en adelante ni siquiera te miraré. Bueno, siento mucho que no recibieras mi mensaje, te aseguro que lo envié. No comprendo cómo no lo recibiste.

—Yo tampoco. El caso es que ya estoy aquí.

—¿Has venido conduciendo? —le habían dicho que era un largo camino por una carretera en no muy buenas condiciones.

—No, he venido volando —respondió bromeando—. Está lejos, pero no tanto como para tomar un avión.

—Has sido muy amable.

—Ahora tengo mucha hambre. Si te parece bien, pasaremos aquí la noche y mañana saldremos temprano.

—Como a usted le parezca, señor McQuillan.

—El otro día era Royce.

—Sí, pero ahora es diferente; ahora eres mi jefe.

—No importa, prefiero que sigas llamándome Royce.

—¿Quizás «don Royce»?

—Adelante, sigue haciendo bromas. Mientras tanto voy a cambiarme y luego paso a buscarte, he reservado mesa en un restaurante.

Apenas lo conocía y ya tenía el poder de provocar en ella unos sentimientos que no podía controlar.

Desde que entraron al restaurante hasta que se sentaron a la mesa, Royce no paró de saludar a diferentes personas, y todas ellas miraron con curiosidad a Carrie, por lo que ella le comentó que no debía de ser normal verlo salir con la niñera.

—No hemos salido juntos —respondió él enseguida—. Solo ha dado la casualidad de que los dos teníamos hambre. Claro que después de hacerme conducir todos esos kilómetros nada más llegar de trabajo, debería haberte mandado a la cama sin cenar...

—Me alegro de que no lo hayas hecho —dijo ella ruborizada.

—¿Qué pensabas durante todo el tiempo que has estado esperando?

—Que la vida nunca es fácil —contestó Carrie con dulzura.

Él se echó a reír con ganas.

—Bueno, ahora puedes disfrutar tranquilamente de algunas de las especialidades de la zona.

—Pues, dado que voy a trabajar en una explotación ganadera, creo que voy a pedir solomillo de ternera.

—Alabo tu elección, Catrina, especialmente porque se trata de Carne de Maramba.

Después de la cena fueron a dar una vuelta por el paseo marítimo, donde soplaba una agradable brisa al son de la cual se balanceaban las palmeras que flanqueaban el camino. Carrie había caído en la cuenta de que, desde que Royce McQuillan había aparecido en su vida, ella había cambiado: había dejado de pensar en el accidente a todas horas, era como si hubiera conseguido derribar una dolorosa barrera. El problema era que ahora pensaba casi exclusivamente en él. En por qué había ciertos hombres de los que las mujeres se enamoraban locamente.

¿Era su virilidad?, ¿su atractivo físico... o la fuerza de sus cuerpos comparada con la delicadeza femenina?

Lo que resultaba obvio era que había un magnetismo especial en ese hombre. Sin embargo, su matrimonio no había funcionado; Carrie había visto cómo su rostro se ensombrecía al hablar de ello. También había visto la obsesión reflejada en los ojos de su ex mujer... Estaba segura de que esta acabaría volviendo a la vida de Royce de un modo u otro. Lo que le resultaba muy extraño era que Sharon McQuillan nunca hubiera deseado tener a su hija con ella.

Pasearon en silencio disfrutando de la noche y muy conscientes ambos de la cercanía del otro. Era como si la atracción que había surgido entre ellos estuviera a punto de desatarse; Carrie se sentía muy diferente, como si ya no tuviera motivos para tener que controlarse; se sentía salvaje.

—Creo que deberíamos volver —anunció Royee con un murmullo al llegar a una zona donde las olas rompían con repetida armonía—. Tenemos que levantarnos muy pronto por la mañana. Deberías ponerte el despertador a las seis. Tengo un par de compradores que llegarán a primera hora de la tarde y debo estar en casa.

—¿No podía encargarse tu tío? —le

preguntó Carrie con curiosidad por saber hasta qué punto delegaba en los demás las responsabilidades de la finca.

—Es mejor que esté yo.

Durante el camino de vuelta, un murciélago pasó volando demasiado cerca de sus cabezas y Carrie, sobresaltada, se protegió la cara con la mano; Royce la rodeó con sus brazos inmediatamente en un gesto impulsivo.

—Creo que ese murciélago está buscando pelea.

—Quizá solo se haya perdido —sugirió Carrie, demasiado afectada por la inquietante proximidad de su acompañante.

—¡Era enorme! —exclamó él riéndose—. ¿Estás bien?

—¡Claro! —contestó ella con firmeza a pesar de estar a punto de derretirse. Él notó que parecía estar alerta, como si fuera a saltar en cualquier momento. La brisa había empezado a jugar con su pelo y, al moverlo, esparcía su suave aroma femenino. Él estaba tan pegado a su cuerpo que casi podía notar la suavidad de su piel por debajo de la blusa; parecía suplicar que la acariciaran.

Aquello era una locura, pensó Royce al tiempo que luchaba porque se impusiera el sentido común. Le había costado demasiado hacerse con el control de su vida para volver a caer en aquel laberinto. Lo asustaba pensar en la fuerza incontrolable del deseo que sentía.

Carrie se irguió e intentó bromear.

—Lo siento. Debes de pensar que soy blanda como la mantequilla.

—Más bien como el helado —la corrigió con tono burlón—. Un helado de vainilla y fresa —casi podía saborear sus exquisitos labios, sensuales y jugosos. Sin embargo, ella continuó andando a buen paso, como intentando alejarse de él—. No tienes por qué disculparte, yo también me he asustado.

Ella se detuvo y se volvió a mirarlo con los ojos inundados de un brillo deslumbrante. Estaba llena de vida y de pasión, la misma pasión que debía poner en su música. ¡Dios! Cómo sería tener esa pasión entre los brazos...

Cuando se acercó a ella, lo hizo totalmente conmovido por su belleza. Se preguntaba si conseguiría que su vida volviera a la normalidad.

—Quizás si acabamos con esto, podremos tranquilizarnos —le dijo medio en broma, pero sin poder ocultar una respiración entrecortada por el deseo.

Carrie se sentía confundida, tenía los labios entreabiertos esperando los de él. Había sentido cosas muy emocionantes en sus años de conciertos, pero nada tan arrebatador como lo que la invadía en esos momentos.

Royce la acercó más aún a su cuerpo y le dio un apasionado beso que duró... y duró. La besó hasta que sus corazones estuvieron a punto de explotar; entonces la liberó y la hizo salir del encantamiento.

—Los dos lo deseábamos, Catrina —le dijo con voz profunda—. Aunque puede que sea el peor error que hayamos cometido. Si sirve de algo, te prometo que no volverá a ocurrir.

Aquellas palabras la dejaron destrozada, pero llevaba años aprendiendo a controlar sus reacciones y sus nervios.

—Me alegro mucho —respondió con firmeza en voz baja—. No sé si podría hacer frente a algo así.

—Yo tampoco —admitió él mientras intentaba analizar los confusos sentimientos que se habían apoderado de su corazón. Besarla había provocado que una salvaje tormenta se desatara dentro de su cuerpo, y dejarla marchar había sido una difícil prueba, puesto que lo que realmente le apetecía era seguir besándola durante horas. Tuvo que pensar que en aquellos momentos ella era una mujer muy vulnerable que estaba tratando de rehacer su vida. Habría sido muy cruel obligarla a afrontar un problema más.

Carrie no necesitó ponerse el despertador; ni siquiera la molestó el canto de los pájaros al alba, lo cierto era que no había conseguido dormir demasiado. Se había pasado la noche entera inquieta por unos sueños tan reales que había llegado a despertarse sobresaltada en mitad de uno de ellos, convencida de que Royce estaba en la cama junto a ella acariciándole los pechos. Tampoco desayunó mucho y, cuando él llamó a su puerta, estaba lista y con las maletas en la mano.

Fue un alivio comprobar que la normalidad había vuelto a su mirada aquella mañana. Carrie llevaba una indumentaria adecuada para el largo viaje: camiseta azul marino y pantalones blancos de algodón. Se había recogido el pelo en una coleta baja para no pasar tanto calor. Intentó hablar como si entre ellos jamás hubiera habido el más mínimo momento de pasión.

—Espero no haber traído demasiado equipaje.

—Una princesa nunca lleva demasiado equipaje —dijo mientras fingía no poder levantar una de las maletas.

—Yo llevaré una.

—¡Menos mal! —Royce había decidido empezar el día con buen pie y de la forma más llevadera posible para intentar evitar todos los caminos que pudieran llevarlos de nuevo a terreno peligroso—. No te preocupes, yo puedo. Por cierto, espero que hayas traído un buen sombrero —dijo mientras salían de la habitación.

—Por supuesto.

—Estupendo.

Diez minutos más tarde se encontraban en camino, a bordo de un Range Rover que conducía Royce. A esas horas el calor todavía no era muy intenso y había una luz maravillosa sobre los inmensos campos de cultivo.

—¡Te importa si bajo la ventanilla? —preguntó Carrie cuando ya habían recorrido algunos kilómetros.

—No te marearás, ¿verdad? ¿O es que te molesta el aire acondicionado?

—Ninguna de las dos cosas. Solo quería sentir el olor del campo. Me encanta como huelen las plantas a estas horas de la mañana.

—Es el aroma inconfundible de Australia —comentó él bajando también su ventanilla. Carrie podía ver los canguros refugiándose a la sombra de los árboles; pasó las dos horas de viaje hasta Maramba fascinada por el paisaje, por los colores de la buganvilla silvestre.

—Lo que es precioso es Ulura. O los Olgas —comentó Royce al verla tan entusiasmada con el paisaje—. ¿Has estado?

—No, siempre he querido ir, pero hasta para un australiano está demasiado lejos. Además, me he pasado la vida estudiando, nunca he tenido tiempo para viajar.

—Pues deberías hacerlo —Royce se sorprendió a sí mismo haciéndole una proposición—. Nosotros tenemos explotaciones por toda esa zona y yo voy a menudo, podrías venir conmigo alguna vez. Pero en los próximos meses va a hacer muchísimo calor, corres el riesgo de derretirte.

—No lo haría, sé cómo soportar el calor.

—Ya lo había notado —murmuró perdiendo la mirada en el paisaje como si no hubiera dicho nada—. Es increíble que los primeros colonizadores de esta tierra se atrevieran a cruzar todas estas montañas —comentó cambiando de tema—. ¿Qué estarían buscando para aguantar veinticuatro años solo para cruzar las Blue Mountains antes de poder establecer una colonia? Me imagino que la Tierra Prometida. Uno de mis antepasados estaba entre esos colonos; James Alastair McQuillan y su esposa Catriona, que es la razón por la que me gusta llamarte Catrina. Llegaron aquí en la Navidad de 1801. Imagínate soportar este calor siendo irlandés. Acabó muriendo en un tiroteo con una banda de convictos que habían escapado de la cárcel.

—¡Qué horror! —Carrie estaba totalmente absorta escuchándolo.

—Bueno, tampoco creo que James Mc-Quillan fuera precisamente un santo. En realidad siento más pena por esos presos. En aquella época había toda una clase social que tenía que hacer cualquier cosa si quería salir adelante, hasta cometer delitos, a pesar de que incluso los más insignificantes hurtos eran castigados con la cárcel. La Inglaterra de aquella época era muy dura. Fue entonces cuando los delitos se convirtieron en una forma de protestar contra el gobierno. Los disidentes pronto fueron deportados. Lo más curioso es que, como señaló un historiador inglés, los peores criminales se quedaron en Inglaterra, mientras que cientos y miles de víctimas del sistema fueron arrancados de su país y traídos a estas tierras tan inhóspitas. No me extraña que lucharan por convertirse en ricos y poderosos.

—Es cierto, es una historia apasionante —asintió Carrie fascinada—. Tanto la familia de mi madre como la de mi padre procedían de Inglaterra, pero ambas emigraron después de la Segunda Guerra Mundial. En realidad, los únicos verdaderos australianos son los aborígenes —comentó ella, que siempre había sido simpatizante de la lucha de los aborígenes por ser respetados.

—Sí y nadie parece tenerlos en cuenta. Tienen una cultura muy rica, cuando vengas conmigo te enseñaré un montón de cosas sobre ellos.

—Me tienes maravillada con tanta amabilidad —dijo sonriendo.

—Solo quiero que disfrutes lo más posible. Por cierto, ¿sabes montar a caballo?

—Sabía, pero hace años que no lo hago.

—Para los que vivimos en esta zona del país los caballos son muy importantes. En una época, consideré la posibilidad de participar en los Juegos Olímpicos en la modalidad de salto... Eso era cuando mi padre vivía, y parecía que siempre sería así, pero no fue eso lo que ocurrió. Cada vez que oigo decir a alguien que son unos animales estúpidos, me pongo furioso.

—No te preocupes, jamás diré algo semejante. A mi me encanta verlos moverse al son de la música y realizar esos increíbles movimientos. Si eso no es una inteligencia superior, no sé qué es.

Siguieron charlando animadamente durante todo el trayecto que, gracias a la conversación, se les pasó volando.

—Espero que estés preparada para vivir alejada de todo tipo de diversiones y entretenimientos —dijo Royce por fin refiriéndose a la vida en Maramba.

—Ya me las arreglaré.

—Tendrás que hacerlo —contestó él con firmeza—. Yo siempre estoy muy ocupado, no sabría cómo cuidarte.

—¿Cuidarme? No te preocupes que no voy a molestarte —protestó Carrie indignada.

Royce no se esforzó por ocultar su preocupación.

—Verás, yo adoro a Regina pero, como ya te dije, puede ser un auténtico demonio. A veces se esconde en lugares que ni yo conozco... Incluso creo que fue ella la que se encargó de que nadie viera tu fax.

—¿Con seis años? preguntó Carrie atónita.

—Ya te darás cuenta de que los seis años de Regina son... muy especiales. Pero yo la quiero muchísimo.

—Claro. ¿Quién mejor que un padre para querer a su hija?

—Puedes estar segura —respondió con cierta tristeza—. ¡Ah! También es un poco difícil a la hora de comer.

—Déjamelo a mí.

—Aparte de eso, es una niña encantadora.

Carrie estaba segura de ello. No era más que una niña que necesitaba cariño y comprensión. De pronto acudió a su mente una duda que se moría por preguntarle a Royce.

—Vamos, ¡suéltalo! —le pidió él al ver que se había quedado pensativa.

—¿Le has dicho a alguien algo de mí? ¿Sobre que iba a estudiar en Nueva York o sobre el accidente?

—Solo lo sabe mi abuela. Se lo conté de forma confidencial, ella guardará el secreto. Al resto de la familia le dije que te había elegido mi abogado.

—Bien. Es que no quiero hablar del accidente —admitió Carrie—. ¿Lo comprendes?

—Puedes hacer lo que tú decidas que es mejor para ti —respondió él con dulzura—. Al menos por ahora, porque algún día tendrás que hablar de ello. Sé perfectamente lo que es sentirse decepcionado.

CAPÍTULO 5

LAS TIERRAS de Maramba se extendían desde la costa hasta las boscosas montañas que se levantaban al este. Nada más llegar, Carrie pensó que aquel era el paisaje más bello que había visto en su vida. Había una increíble claridad en el aire que resaltaba los vivos colores del campo y multitud de lagunas en las que chapoteaban cisnes, patos y pelícanos. Todo ello dotaba el ambiente de una paz que se podía respirar.

Según se desplazaban por la propiedad, Royce le iba explicando qué era cada pequeño edificio y toda la maquinaria que encontraban a su paso. Incluso había un gimnasio y una zona de ocio para los trabajadores de la explotación.

—No verás la casa hasta que la tengamos casi encima —le comentó él sonriente—. En esa zona la vegetación se ha convertido en una verdadera jungla. Es posible que veas alguna serpiente, pero espero que no tengas la mala suerte de pisarla.

—Tendré cuidado de dónde pongo el pie —le prometió Carrie.

—Bueno, este es el jardín de la casa —anunció por fin mientras ella pensaba que, efectivamente, más bien parecía una selva tropical. Aquello era un auténtico paraíso. Y antes de que pudiera darse cuenta, levantó la cabeza y... allí estaba la casa.

¡Era enorme! Incluso más grande de lo que le había parecido en la foto del libro que le había enseñado Melissa. Se trataba de un edificio de madera oscura, con dos pisos llenos de balcones. A los pies de la casa había una laguna preciosa en la que flotaba un bote.

—¡Esto es maravilloso! —exclamó Carrie anonadada—. Parece sacado de una novela de Somerset Maugham.

Royce la miró satisfecho con su reacción.

—Me alegro de que te guste. No es la casa original, esta la construyó mi padre después de sus viajes por el sudeste de Asia, ya verás las influencias.

—Tu reino particular.

—Exacto —asintió él orgulloso pero sin poder ocultar una cierta tristeza—. Lo malo es que no se puede tener control absoluto sobre la naturaleza y el destino. Puede que esto parezca un sueño hecho realidad pero, como tú sabes perfectamente, a veces los sueños se hacen pedazos.

Llegaron justo cuando acababa de estallar

la crisis: Regina había desaparecido.

La señora Gainsford, el ama de llaves, explicó la situación con voz suave pero dejando claro desde el primer momento que se trataba de una mujer de carácter. Ni una sola vez miró a Carrie mientras hablaba; el único que importaba era el jefe.

—He hecho todo lo posible para asegurarme de que Regina estuviera aquí cuando usted llegara, pero ha desaparecido hace media hora y no podemos encontrarla por ningún sitio. Ahora parece que soy una incompetente —añadió cuando estaba a punto de echarle la culpa a la pequeña.

—Olvídelo —respondió Royce con calma—. Ya sé que ha hecho todo lo que ha podido —entonces se volvió hacia Carrie—. Esta es Catrina Russell, la nueva niñera; de ahora en adelante ella será la responsable de Regina.

—¡Estupendo! —exclamó el ama de llaves, aunque su expresión parecía decir que no tenía la menor esperanza de que Carrie fuera a tener más éxito que ella—. Su habitación está preparada, se la enseñaré.

—Gracias —dijo Carrie antes de dirigirse directamente a Royce—. ¿Por dónde sugieres que empiece a buscar a Regg... a Regina? —había estado a punto de llamarla Reggie; por algún motivo, había empezado a pensar en la niña con ese diminutivo cariñoso.

—Aparecerá cuando esté preparada —afirmó él muy serio—. Claro que si no ha vuelto para la hora de comer, tendremos que organizar una pequeña búsqueda.

—No ha comido nada en el desayuno —intervino la señora Gainsford como si estuviera dando cuenta de un tremendo delito—. Disculpe, señor McQuillan, es que tengo miedo de los sustos que pueda tenernos preparados.

Quizá no fuera el momento más adecuado, pero Carrie no pudo evitar soltar una carcajada, una carcajada que tuvo que reprimir inmediatamente al notar la gélida mirada que estaba lanzándole la señora Gainsford. Sabía que iba a tener que trabajar con aquella mujer, pero también sabía que no llegarían a ser buenas amigas.

—¡Hola, Royce! —se oyó la voz de una mujer, una mujer muy atractiva, de pelo rubio e increíbles ojos azules, que miraba a Royce con sonrisa provocadora—. Quería estar aquí cuando llegaras, pero me he puesto a buscar a Regina. Esta debe de ser la nueva niñera, ¿verdad? —preguntó mirando a Carrie de forma parecida a como lo había hecho Sharon la noche del restaurante—. Cariño, no podrías haber llegado en mejor momento —aseguró al tiempo que se acercaba a ellos andando sobre unos enormes tacones. Cuando llegó a la altura de Royce, se detuvo y le dio un largo beso en la mejilla—. Bienvenido a casa, te he echado de menos.

—Solo he estado fuera unas horas —respondió él con ligera frialdad. Carrie llegó a la conclusión de que aquella mujer era Lindsey McQuillan, la esposa del tío de Royce, y lo comprobó cuando fueron presentadas, momento en el que la otra la estudió con más frialdad aún. Parecía que tampoco en ella iba a encontrar demasiado apoyo.

—¿Así que la recomendó James Halliday? —mencionó como haciéndose la despistada—. No he llegado a enterarme de cuál es su formación como niñera.

—La suficiente —intervino Royce inmediatamente.

—Lo digo porque las demás no han tenido mucho éxito.

—Quizá tú hayas tenido algo que ver con eso, Lyn —dijo él con la misma frialdad—. Espero que ayudes a Catrina en todo lo posible.

—Claro —respondió con una sonrisa que iba dirigida a Royce, no a Carrie—. Si tiene alguna duda, no dude en preguntarme.

—¿Dónde está la abuela? —preguntó él de pronto.

—Descansando —explicó la señora Gainsford—. No se encontraba muy bien, pero ha dicho que estará encantada de conocer a la señorita más tarde.

—Bueno, Carrie, te dejo para que te instales —le dijo Royce lanzándole una dulce mirada—. Yo tengo cosas que hacer.

—No te preocupes.

La certeza de que estaría bien se esfumó al oír las palabras de Lyn.

—Seguro que tienes tiempo para un café, ¿verdad, Royce? Tengo que contarte la conversación telefónica que he tenido con lna.

—Venga por aquí, señorita Russell —le pidió el ama de llaves cuando se hubieron quedado solas.

—Llámeme Carrie, por favor —le sugirió con amabilidad.

—Prefiero llamarla señorita Russell si no le importa. Y creo que también le vendrá bien para imponerse un poco ante Regina —respondió la señora Gainsford muy seria—. Es que sin una madre... El señor McQuillan es un gran hombre, y no debería tener tantas preocupaciones en la cabeza.

—Estoy segura de que usted ayuda a que tenga muchas menos —mencionó Carrie intentando congraciarse con la mujer—. Me ha dicho que lleva la casa a la perfección.

La reacción inmediata del ama de llaves fue sonrojarse como una chiquilla, con lo que su gesto se suavizó ostensiblemente.

—¡Es todo un caballero! Es una maravilla trabajar para alguien como él.

Carrie estaba completamente de acuerdo. Su dormitorio era mucho más de lo que había esperado. Era una habitación mucho más grande que la que tenía en su propia casa y estaba llena de elementos de influencia asiática, como ya le había mencionado Royce. En el centro había una enorme cama de madera de teca cubierta por una fina mosquitera blanca a juego con las sábanas, también blancas. En una de las paredes había una estantería llena de libros entre los que distinguió títulos de Isabel Allende, Sharon Maas, P.D. James... En general era una estancia acogedora y decorada con delicadeza oriental.

—Creo que me va a encantar vivir aquí —afirmó al ver la habitación.

—No me extraña —asintió el ama de llaves—. Ninguna de las otras niñeras disfrutó de un dormitorio así, pero estas fueron las órdenes del señor.

—¡Qué suerte! —exclamó mientras andaba sobre la colorida alfombra oriental.

—Una de las chicas vendrá a limpiar regularmente, usted no tiene que encargarse de nada en su tiempo libre.

—Muchísimas gracias por hacerlo todo

tan fácil —dijo la joven con una sincera sonrisa—. El centro de flores que hay sobre la mesa es precioso.

—Lo hizo Jada —explicó sin ningún entusiasmo, refiriéndose a la empleada aborigen que, según Royce le había contado, cuidaba de su abuela, y de la que había dicho que era un auténtico encanto.

—Bueno, voy a ver si aparece Regina... Esa niña lo único que necesita es un poco de disciplina.

«Y el amor de una madre», pensó Carrie para sí misma; incluso se le pasó por la cabeza si recibiría el amor suficiente por parte de Royce.

—Ahora la dejo para que descanse, ha debido de viajar mucho en los dos últimos días.

—La verdad es que sí —asintió ella—. Por cierto, ¿no ha encontrado mi fax?

—No, y siento mucho haber dudado de usted; parece una joven muy responsable. Estoy segura de que fue Regina, siempre está haciendo tonterías de ese tipo. Bueno, descanse.

—No creo que pueda hasta que no sepa dónde está la niña —aseguró Carrie.

—Pues es imposible encontrarla si ella no quiere que lo hagamos. La verdad es que da más problemas que si fuera una mujer hecha y derecha.

—Yo espero que podamos ser buenas amigas.

—Me temo, cariño, que eso es mucho esperar. Esa niña no es ningún angelito, es terriblemente traviesa.

Carrie volvió a sentir el impulso de echarse a reír, pero esa vez consiguió controlarse. Aquellas palabras le recordaron cómo solía llamarla Glenda cuando era una niña: «enana incontrolable».

Cuando se hubo marchado el ama de llaves, Carrie salió al balcón de su cuarto y desde allí observó la frondosidad del paisaje. Después se puso a deshacer el equipaje con una tranquilidad que hacía mucho tiempo que no experimentaba; hasta sintió el impulso de canturrear... Estaba pensando que tenía muchas ganas de conocer a Regina cuando, al abrir la puerta del armario, se encontró a la niña y estuvo a punto de caerse al suelo de la impresión.

—¡Dios, Reggie! ¡Qué susto me has dado!

—¡Genial! —exclamó la niña victoriosa—. ¡Nadie me encuentra nunca!

—¿Quieres decir que llevas aquí todo el tiempo? —preguntó Carrie consciente de que entonces habría oído lo que la señora Gainsford había dicho de ella.

—Sí bueno, desde que vino Ethel esta mañana —ese era el nombre del ama de llaves, Ethel Gainsford.

—Bueno, ¿y tienes intención de salir? —le preguntó tendiéndole una mano. Es que me gustaría colocar mi ropa, puedes ayudarme si quieres.

—¿Por qué tengo que hacerlo? —dijo Regina saliendo de un salto y sin hacer el menor caso a la mano de Carrie—. Es tu ropa.

—Muy bien. Entonces te perderás el regalo que te he traído, está en la maleta con la ropa —le explicó intentando provocar su curiosidad.

—¿Por qué me has traído un regalo? —parecía verdaderamente sorprendida.

—Para celebrar que nos hemos conocido. Es un placer conocerte, Regina. He oído hablar mucho de ti.

—Seguro que sí —después de decir eso con una madurez impropia de una niña de seis años, Regina se quedó pensando unos segundos—. ¿Qué es lo que has dicho al abrir el armario?

—A ver… no lo sé…

—Me has llamado Reggie.

—Si no te gusta, no te volveré a llamar así.

—Sí que me gusta. Siempre he querido ser un niño —aseguró mientras se sentaba en el sillón.

—¿Por qué?

—A Royce le habría gustado más —le explicó mientras, sin darse cuenta, empezaba a acercarle a Carrie prendas de ropa que esta iba colocando en el armario—. Royce quiere tener un hijo.

—Puede ser, pero también quiere tener una hija, es decir, tú. ¿Llamas Royce a tu padre?

—Sí, y a él le gusta. Es el mejor padre del mundo y lo quiero mucho. En cambio mi madre me odia.

—No, Reggie, no pienses eso —Carrie protestó conmovida.

—¡Es una madre horrible! ¡Nunca viene a verme! ¡Y nunca me manda regalos! ¿Dónde está mi regalo?

—En el fondo de la maleta.

—Espero que no sea una muñeca —dijo en tono amenazador.

—Tranquila, no es una muñeca. Pensé regalarte algún libro, pero apuesto a que no sabes leer.

—¡Claro que sé!

—¿Ah, sí? —Carrie siguió con el tono provocador que parecía funcionar con Regina—. ¿Y te gustan los libros de *Harry Potter*?

—No lo sé, no tengo ninguno.

—Entonces estamos de suerte, porque yo tengo algunos.

—¿Por qué eres tan simpática conmigo?

—le preguntó extrañada.

—Pues porque quiero que seamos amigas.

—Seguro que lo que ocurre es que te gusta Royce —aseguró perdiendo el lado vulnerable que acababa de mostrar—. A todas las niñeras les gusta. Lyn dice que no hay mujer en el mundo que no le quiera «echar el guante».

—¿Eso te ha dicho Lyn?

—A mí nadie me dice nada, pero oigo cosas. Lyn tampoco me quiere; le dijo a Royce que yo había escondido tu fax.

—¿Y es cierto?

—No —dijo firmemente con los ojos clavados en ella—. Y yo nunca miento, nunca.

—Te creo.

—Las otras dos niñeras eran malas —se quejó la pequeña—. A las dos les gustaba Royce y... —antes de continuar hablando se acercó para decírselo al oído— y Lindsey también está enamorada de él.

—Reggie, no puedes andar diciendo esas cosas por ahí.

—No he sido yo, lo dijo Ina —la corrigió mientras saltaba sobre la cama—. ¡Tú no conoces a mi tía! ¡No para de hablar! Debe de pensar que estoy sorda y no me entero de las cosas que dice.

Estaba claro que en aquella casa nadie tenía el menor cuidado de lo que decía delante de la niña.

—A ver, déjame que busque yo el regalo —dijo Carrie de pronto para cambiar de tema. Enseguida le dio el paquete a Reggie—. Vamos, es una sorpresa.

—Carrie, no se lo voy a decir a nadie más, pero me gustas. Eres muy guapa. Ojalá no te enamores de Royce tú también.

Sí, ella también lo esperaba.

—Estoy aquí para ser tu amiga —aseguró intentando no pensar en su apuesto padre.

Cuando encontró el paquete se lo dio a la niña y esta descubrió emocionada la marioneta que Carrie tanto tiempo le había llevado elegir.

—¡Es genial! —exclamó con ojos chispeantes.

—Me alegro de que te guste —estaba encantada con la reacción de la niña—. ¿No crees que ahora deberíamos bajar a decirle a la señora Gainsford que ya has aparecido? —se atrevió a preguntarle al ver que estaba de muy buen humor.

—¿Es obligatorio?

—Creo que sí, todo el mundo está preocupado.

—No están preocupados; me escondo muchas veces, pero ya no me buscan como antes.

Aquella era la manera que la pequeña tenía de llamar la atención, pensó Carrie.

—¿Y tú quieres que te encuentren? ¿Hoy

querías que te encontraran?

—Sí. Si no, no me habrías encontrado. Tenía ganas de conocerte. Royce me ha dicho que le recuerdas a la chica del cuadro de abajo… Está encantado. Me lo dijo Lindsey una vez que quise tocarlo.

—Seguro que te lo dijo para que no te acercaras a él. Debe de ser muy valioso.

—Cuando le pregunté a Royce si estaba embrujado me dijo que eso nunca se sabe, y se echó a reír. Llevaban unos minutos jugando con la marioneta, las dos sentadas en la cama, cuando se oyó la voz de Lindsey.

—¡Esto no está bien! —exclamó lanzándole a Carrie una mirada asesina.

—Lo siento, señora McQuillan, solo han sido unos minutos —se disculpó Carrie mientras se ponía en pie de un salto—. Reggie y yo estábamos a punto de bajar.

—¿Reggie? ¿Y ese nombrecito? No creo que a su familia le guste que la llame asi. Personalmente, detesto esa manía de acortar los nombres.

—Pues a ti Royce te llama, Lyn, ¿es que no es lo mismo? —intervino Regina situándose al lado de Carrie—. Además, a mí me gusta.

—¡Ya está bien, niña! —la interrumpió Lyn con furia—. Toda la casa buscándote como locos, y tú aquí, jugando tranquilamente con tu nueva niñera —le lanzó otra envenenada mirada a Carrie—. Esto es una irresponsabilidad. Si es así como tiene la intención de comportarse, tendré que aconsejarle a Royce que vuelva a mandarla a casa.

—¡Tú no eres la jefa! —protestó Regina dando saltos a su alrededor—. Te odio.

Por toda respuesta, Lyn miró a Carrie y dijo con desprecio:

—Esta niña es una neurótica.

La pequeña salió corriendo al balcón y Carrie la siguió sin reparar en lo que la otra mujer pudiera pensar.

—¡Te pillé! Soy la policía y quedas detenida —le dijo a la niña bromeando para intentar calmarla.

—Pues enséñame la placa.

—Está abajo, la tiene tu padre junto con mi currículum.

De pronto Regina abandonó el juego y exclamó furiosa:

—¡Lindsey es idiota!

Aquellas palabras hicieron que Carrie la agarrara por los hombros y le hablara con firmeza.

—No puedes utilizar esas palabras... Y tienes que mostrarle un poco de respeto a Lindsey.

—No me gustaba cómo estaba hablándote, estaba echándote la culpa de todo.

—Solo estaba preocupada.

—No es verdad. Tú no la conoces, acabas de llegar.

—Puede ser. Pero precisamente por eso, ¿por qué no bajamos e intentamos apaciguar un poco las cosas?

—Yo no.

—Muy bien, entonces bajaré yo sola.

—Bueno… Voy contigo —accedió por fin—. ¿Crees que podré cenar hamburguesa?

No veo por qué no, a mí me encantan las hamburguesas.

—Nunca me dan cosas que me gustan. Odio la verdura y odio desayunar cereales.

—Bueno, veremos qué podemos hacer.

—Todos creen que soy fea. Lindsey no puede ni verme.

—Eso es horrible —no sabía cómo rebatir aquellas palabras—. Voy a contarte un secreto… Mi madrastra tampoco me quiere.

—¿En serio? —la niña la miró para comprobar si lo que decía era cierto—. Debe de ser una bruja.

Carrie asintió, totalmente de acuerdo con esa definición de Glenda.

—Recuerda que es un secreto.

—No te preocupes, no se lo diré a nadie —aseguró Regina—. ¿Por qué no te quiere? Eres muy simpática.

—¿Cómo es posible que tú no le gustes a

alguien? Eres inteligente y divertida —respondió Carrie.

—Estás mintiendo.

—Yo jamás voy a decirte nada que no sea cierto, Reggie. Y tú tampoco me mentirás a mí. ¿De acuerdo? —le preguntó tendiéndole la mano para cerrar el trato.

—De acuerdo —afirmó la niña solemnemente. Fue justo en ese momento cuando Royce apareció en la puerta acompañado de Lyn y de la señora Gainsford.

Royce las observó con auténtico placer. Solo unos minutos antes, Lindsey le había dicho, llena de furia, que la nueva niñera era un auténtico fracaso, ya que lo primero que había hecho nada más llegar, había sido no informar de que la niña había aparecido y, lo más grave de todo, parecía estar animando a Regina a comportarse como lo hacía. Sin embargo, lo que tenía ahora frente a él parecía una armoniosa escena de dos personas que estaban haciéndose amigas. Lo que más rabia le daba era que Lyn lo hubiera localizado tan rápidamente, algo para lo que parecía tener una particular habilidad, y que lo hubiera hecho ir allí sin motivo alguno. Estaba acostumbrado a que a la mujer de su tío no le gustaran las niñeras, pero parecía que Carrie le había parecido especialmente mal. La verdad era que aquello era algo que había previsto: Catrina no se parecía a la típica niñera que se solía encontrar por aquella zona.

Royce se dio cuenta de que empezaba a estar más que harto de aquella situación; de que Lyn siempre tratara de llamar su atención y fuera tan déspota con el resto de los trabajadores de la casa; y de la lóbrega aunque eficiente señora Gainsford.

Decidió olvidar todo aquello y saludar a su hija y a Carrie.

—Hola, tesoro. Así que has decidido aparecer...

—Sí, estaba en el armario. Carrie se ha asustado mucho. Lo siento —explicó abrazando a su padre con una verdadera adoración reflejada en el rostro.

«Abrázala tú también», intentaba decirle Carrie a Royce por telepatía. «Dale un beso, es tu hija». Para frustración suya, él siguió allí de pie, sin hacer nada; lo único que hacía era mirar a Regina con una tierna sonrisa.

Según los observaba, pensó que no se parecían en nada. Regina tampoco guardaba ningún parecido con la bella y elegante Sharon. Mala suerte para la niña. Eso sí, Carrie estaba decidida a hacer algo con su pelo; seguro que estaría mucho mejor con un peinado algo más cuidado.

Con solo un vistazo, Royce supo lo que estaba pensando Carrie. Sí, él también se consideraba un padre mediocre... Pero, bueno, en realidad él no era el padre, estaba haciéndolo lo mejor que podía. Solo Dios sabía quién era el verdadero padre de Regina, seguramente una de las fugaces aventuras de Sharon durante una borrachera. Aquello no se lo había contado ni a su abuela, aunque estaba seguro de que esta tenía sus sospechas. Lo cierto era que el amor había durado muy poco entre su mujer y él, pero Royce había aguantado por respeto a su matrimonio.

Hasta que Sharon le comunicó victoriosa que Regina no era hija suya.

Y ahora Carrie estaba allí juzgándolo como padre. Tenía que admitir que le resultaba algo hiriente, afectaba a su autoestima... Tuvo que volver a la realidad cuando la pequeña empezó a tirarle de la mano para reclamar su atención.

—Carrie me llama Reggie.

—Es un nombre de chico —comentó él bromeando.

—Pero tú querías que yo fuera un chico, ¿verdad? —le preguntó ella con tristeza.

—¡Qué barbaridad! —esa vez sí la abrazó, la levantó del suelo y la estrechó entre sus brazos hasta que la niña empezó a reírse—. ¡No se te ocurra pensar que no estoy contento contigo tal y cómo eres! En cuanto al nombre, creo que te va bien. Eso sí, vas a prometerme que vas a engordar un poco, ¿de acuerdo, señorita?

—Carrie dice que puedo desayunar otras cosas —mencionó mientras lo abrazaba con fuerza.

—Siempre que tome leche —intervino la niñera—. Es que dice que no le gustan los cereales, quizás podríamos hacer batidos de frutas...

—No permitiré que la niña ande por mi cocina —interrumpió la señora Gainsford en tono de protesta—. Podría haber algún accidente. No sé en que está pensando la señorita Russell.

—En congraciarse con la pequeña, obviamente —respondió Lindsey en el momento más oportuno—. Debería darse cuenta de que la niña es demasiado pequeña para andar en la cocina.

—Yo estaría con ella en todo momento —se justificó Carrie mirando a Lyn y confirmando que aquella mujer era odiosa—. No habrá ningún problema

—Bueno, mientras sea solo de vez en cuando —apostilló Royce.

—¿De verdad, papi? —Regina no cabía en sí de la alegría.

—La señorita Russell manda, pero siempre que tengáis mucho cuidado y no estorbéis a la señora Gainsford.

—Se llama Carrie, de Catrina —le corrigió la pequeña—. ¿A que es un nombre precioso?

Royce miró a Carrie por encima de la niña.

—Maravilloso —dijo Lyn con sarcasmo—. Espero no estar aquí cuando Regina empiece a romper cosas. Señorita Rusell no crea que no sé lo que está intentando —avisó a Carrie con extrema frialdad—. De todos modos, buena suerte.

Aquello hizo que Regina volviera a explotar.

—¡Eres una bruja! ¡Bruja! ¡Bruja!

Carrie tuvo que levantarla en vilo para llevársela con la excusa de que quería que le enseñara la casa.

—Royce, ¿te importa si le enseño tu despacho? —dijo la niña una vez que se hubo calmado.

—Solo si prometes no tocar nada —en ese momento pensó que podría perdonarle todo a Catrina solo por la maravillosa manera en la que estaba manejando a Regina. Nunca había visto a la pequeña tan cariñosa con alguien que no fuera él.

Como sus planes de trabajo ya estaban completamente arruinados, Royce decidió pasar a ver a su abuela. La señora McQuillan tenía más de ochenta años y a veces su nieto se aterraba solo con pensar que cualquier día, mientras él estuviera trabajando, lo llamarían para comunicarle que había muerto. Por lo pronto, creía que iba a necesitar una enfermera que la cuidara porque, por muy encantada que estuviera con Jada, atenderla durante veinticuatro horas al día era demasiado para esta última.

Al llegar a su habitación se encontró a ambas mujeres charlando animosamente; después de todo, llevaban más de treinta años siendo amigas. La señora McQuillan parecía frágil como una figurilla de porcelana, pero siempre iba muy elegante.

—Pensé que te habías marchado a hablar con un cliente, Royce —dijo la señora al ver aparecer a su nieto.

—¿Es que no has oído el alboroto?

—Ya sabes que desde aquí no se oye absolutamente nada.

—Estoy segura de que habrá sido la pequeña Regina —adivinó Jada mientras se dirigía hacia la puerta.

—No te vayas muy lejos, por favor —le pidió Louise a su fiel empleada y amiga; era curioso, pero la mera presencia de Jada parecía aliviar todos los dolores de Louise McQuillan.

—Estaré esperando en la puerta para cuando vea que baja su nieto.

—Gracias, cariño. Bueno, cuéntame qué

ha pasado —le pidió a Royce una vez solos.

Él se sentó al lado de su abuela y le relató lo ocurrido con todo lujo de detalles. Ella lo escuchó atentamente y, cuando hubo terminado, suspiró hondo antes de dar su opinión.

—Espero que Lindsey no se lo haga pasar tan mal a esta muchacha como hizo con las otras.

—Creo que en Catrina va a encontrar un enemigo muy diferente —contestó él después de analizar lo que había visto—. Catrina tuvo que crecer luchando con su propia madrastra... En cuanto a Lindsey, creo que debo pararle los pies inmediatamente.

—¿A qué te refieres, cariño?

—Lo cierto es que preferiría que Lyn no viviera en esta casa —por la reacción de Louise estaba claro que no estaba al tanto de los repetidos intentos de Lindsey por deslumbrar a Royce.

—¿Y qué pasará con Cameron? —le preguntó refiriéndose al marido de Lyn—. Él nos necesita... La verdad es que no sé en qué estaba pensando cuando se casó con Lindsey —se lamentó Louise—. Es obvio que ella lo hizo para conseguir dinero y posición social... Hasta Cameron ha debido darse cuenta.

—Seguro que sí. Creo que le costó tanto

darse cuenta de quién era realmente su mujer como a mí darme cuenta de quién era la mía. No hay nada como el matrimonio para encontrar el lado desagradable de las personas —añadió con cinismo—. Llevo algún tiempo pensando en proponerle que se haga cargo de la explotación de River Rock —se trataba de una granja situada en el otro extremo del país.

—¿De verdad crees que tu tío sabría manejar aquello?

—No lo sé, pero el caso es que aquí solo hace lo que yo le digo, y eso no está bien para un hombre de su edad.

—Es cierto. Desde la muerte de la pobre Trish, Cameron no volvió a ser el mismo —comentó Louise recordando el trágico accidente de su nuera.

—¿Por qué será que siempre mueren los mejores? —preguntó Royce con tristeza—. Bueno... Por desgracia ahora está casado con Lyn, lo que no creo que le haga ningún bien; ya ni siquiera duermen juntos. Soy la última persona que puede dar consejos en este tema, pero creo que le convendría cortar los lazos.

—¡Y pensar que hubo un tiempo en el que Sharon también nos gustaba...!

—Es lógico, hizo todo lo que pudo por impresionarnos... Pero no pienses eso, abuela, no hará más que hacerte sentir mal.

—Lo sé, es que tengo tanto tiempo para pensar… Eso sí, he decidido que no me moriré hasta que no te vea felizmente casado con la mujer adecuada. He llegado a un acuerdo con el Señor.

—Gracias, abuela —le dijo conmovido mientras le daba un beso en la frente antes de levantarse para marcharse.

—Además, estoy segura de que esa mujer está a punto de aparecer, lo noto. Esa Catrina tuya, por ejemplo, parece muy interesante.

—¿Esa Catrina mía? —le preguntó sorprendido.

—¿No te resulta curioso que la primera señora McQuillan se llamara Catriona? Y también tenía el pelo color ámbar.

Royce se echó a reír con nerviosismo.

—No empieces con tus presagios… Nuestra niñera es aún muy joven y tiene muchos problemas que resolver.

—¿Le has contado que yo fui una gran pianista en mi época?

—No, no me parecía adecuado hablarle de eso.

—De todos modos enseguida verá el maravilloso piano de cola, por mucho que la señora Gainsford se empeñe en taparlo.

—Abuela, lo hace con buena intención, es

solo para que no le entre el polvo; hace años que nadie toca ese piano.

—Y eso no está bien, los pianos están hechos para que los toque la gente. Tu Catrina puede practicar siempre que quiera.

CAPÍTULO 6

TODAS las luces de aquella enorme casa estaban encendidas. Carrie podía andar tranquilamente por los pasillos y escaleras a pesar de no conocer demasiado bien todavía la distribución del edificio. Lo que sí recordaba del paseo que había dado con Reggie por la casa era que el grandioso salón se encontraba a la derecha de la escalera. Allí no solo estaba el retrato encantado de aquella bella joven, que casualmente tenía el pelo del mismo color que ella, también había un magnífico piano de cola que alguien había cubierto con un enorme tapete de encaje. La visión del instrumento provocó en ella una verdadera conmoción; no conseguía entender por qué había tenido tan mala suerte de dar con una casa en la que había exactamente aquello de lo que trataba de huir. Para colmo de males, aquel no era un piano cualquiera. Estaba claro que, por la calidad del instrumento, en aquella familia había habido alguien verdaderamente aficionado a la música. Sin embargo, Royce no le había dicho ni palabra al respecto.

Siguió caminando y atravesó la surtida biblioteca, después un comedor inmenso que dedujo que utilizarían solo para las grandes ocasiones, y por fin el comedor en el que iban a cenar esa noche. Al entrar allí se encontró con la familia McQuillan al completo: Royce, que se levantó a saludarla con tanta elegancia que a ella se le entrecortó la respiración; una señora bajita y de aspecto encantador que, obviamente, debía ser Louise McQuillan; Lindsey, que iba ataviada con un vestido demasiado escotado para una cena familiar, y un señor alto y casi tan elegante como Royce que supuso sería su tío Cameron.

—Has llegado en el momento justo —le dijo Royce al acercarse a ella—. Estás preciosa —aquello salió de su boca sin pensarlo—. Estamos tomando una copa antes de la cena, ven a conocer al resto de la familia —diciendo eso, la agarró ligeramente del brazo y la condujo hacia los otros.

La primera persona que le presentó fue a Louise McQuillan, que la saludó con una luminosa sonrisa dibujada en el rostro.

—Espero que seas muy feliz aquí, cariño.

—La verdad es que por ahora me encanta, señora McQuillan —contestó Carrie feliz mientras pensaba que aquella mujer debía de haber sido preciosa de joven. Todavía tenía unos ojos negros llenos de fuerza. Ambas se estrecharon la mano y comprobaron que sus dedos eran igualmente delgados y fuertes.

Cameron McQuillan era lo que solía describirse como el perfecto caballero. Sin embargo, no disfrutaba de la energía ni de la presencia de su sobrino.

Lindsey la saludó del modo más escueto posible mientras estudiaba su indumentaria de arriba abajo. Carrie había elegido un sencillo vestido de seda color melocotón y unas sandalias de tiras.

—¿No me digas que te las has arreglado para meter a Regina en la cama? —le preguntó Lyn con incredulidad.

—Y no me ha costado ningún trabajo —respondió Carrie sonriente—. Hemos empezado a leer un libro y Reggie se ha quedado dormida enseguida.

—Solo necesita que la traten de la forma adecuada —comentó la abuela—. Llevo años diciendo lo mismo.

—Es muy pronto para cantar victoria —advirtió Lindsey.

Durante la cena Carrie descubrió una de las razones por las que la señora Gainsford llevaba tanto tiempo trabajando allí: era una excelente cocinera. Pero también se dio cuenta de que, excepto Royce y ella, el resto apenas probaba bocado; era obvio que Louise no tenía costumbre de comer demasiado, y Cameron estaba absorto en algún problema que no podía compartir con los demás.

La conversación derivó de un tema a otro hasta que Carrie comentó que estaba impresionada con el paisaje y que desde el primer momento se había sentido como en casa; aquellas palabras hicieron que la señora McQuillan se animara a contestarla con auténtico entusiasmo.

—Eso mismo sentí yo cuando llegué aquí antes de casarme con mi marido. En aquella época me empeñé en hacer un jardín tropical de lo que hasta entonces no había sido más que selva. Si quieres, te lo enseñaré un día que esté más fuerte.

—Claro que quiero… Me encantaría.

—Sin embargo, la cascada que hay al final de la laguna fue idea de Royce —informó Louise mirando con orgullo a su nieto.

—Sí, he de admitir que tuve una idea brillante —fanfarroneó su nieto en broma—. Claro que me ayudaron un montón de hombres con un montón de maquinaria. Cuando está en funcionamiento, pasan alrededor de cinco mil litros de agua por minuto… Es impresionante, ya te lo enseñaré.

—Me encantará verlo —contestó Carrie

sin saber exactamente qué era lo que sentía por Royce, pero segura de que, fuera lo que fuera, era algo muy fuerte.

—También tienes que ver los jardines de lirios que hay detrás de la casa —le recomendó Louise—. Mi amiga Rosemary y yo los hicimos con nuestras propias manos.

—Yo no soportaría arriesgarme a romperme una uña —intervino Lindsey—. Me encanta disfrutar de los jardines, pero no romperme la espalda en ellos. Por cierto, Royce, espero que hayas hablado a Carrie de las serpientes.

—¡Por favor! —la interrumpió la señora McQuillan—. Llevo sesenta años viviendo aquí y jamás he tenido el más mínimo incidente. Las serpientes hacen todo lo posible por mantenerse alejadas de los humanos. No creo que Catrina sea tan tonta como para intentar atrapar una.

—No —contestó la mencionada—. Le dejo el encantamiento de serpientes a quien sepa hacerlo —explicó riéndose—. Por muchas serpientes que haya, me encanta este sitio.

En el momento del café la conversación se centró en ella y, por supuesto, fue Lindsey la que sacó el tema.

—Me ha dicho un pajarito que tocas el piano —mencionó estudiando detenidamente cómo reaccionaba ella ante su descubrimiento—. Aquí puedes practicar siempre que quieras, si la abuela te permite utilizar su Steinway.

Carrie estaba demasiado sorprendida como para enfadarse; no sabía quién le habría contado a aquella mujer lo que sabía; fuera quien fuera, la había traicionado. Los únicos que podían haberlo hecho eran Royce o su abuela. El golpe que sintió debió de reflejarse en su rostro.

—Ay, lo siento. Qué metedura de pata. Tuviste un accidente, ¿verdad? —Lyn fingió que acababa de acordarse de ese pequeño detalle.

Aquello hizo reaccionar a Royce con furia.

—¿Y tú cómo demonios te has enterado de eso? Espera, no me lo digas —soltó una carcajada de impotencia—. ¿A que ha sido Sharon a través de su títere particular?

—Pero Royce— Yo pensé que Ina te caía bien —le preguntó haciéndose la sorprendida—. Ya te dije esta mañana que había tenido una conversación con ella.

Por lo menos sabía que no había sido Royce el que la había traicionado, y eso hacía que Carrie se sintiera algo mejor.

—Lo que no entiendo es por qué tanto Sharon McQuillan como su hermana iban a tener el más mínimo interés en mí —explicó Carrie.

Lindsey se echó a reír.

—Pues es muy sencillo: a Sharon sigue interesándole cualquier mujer que entre en esta casa. Carrie, te has puesto muy pálida. Espero no haberte molestado —añadió Lyn sin el menor atisbo de sinceridad.

—No se preocupe, es solo que me ha sorprendido. Tenía la esperanza de poder olvidar el accidente durante algún tiempo.

Lo comprendo respondió Lyn intentando sonreír—. Pero eso no quiere decir que vaya a desaparecer.

—¡Lindsey, por favor! —intervino Louise con autoridad—. Te pediría que cambiaras de tema. Catrina hará frente a sus problemas como mejor le parezca. Y ahora que ha salido el tema... —añadió mirando a Carrie dulcemente—, puedes utilizar el piano siempre que quieras sin necesidad de pedir permiso a nadie.

—Muchas gracias, señora McQuillan, pero por ahora no me resulta nada fácil.

—Lo sé, pero estoy segura de que encontrarás fuerzas para volver a tocar.

Al ver el cariño y la comprensión con la que su suegra trataba a Carrie, Lindsey saltó llena de celos.

—Bueno, no creo que sea una tragedia. Al fin y al cabo puedes llevar una vida perfectamente normal —miró a la niñera desafiante—. No es como si hubieras perdido un brazo o una pierna.

En aquel momento le pareció estar oyendo a Glenda.

—La verdad es que no creo que tenga la menor idea de esto —respondió Carrie manteniendo la calma—. Llevo toda la vida dedicada a la música y me encantaba. He trabajado mucho para intentar tener un futuro profesional...

—Entonces me resulta muy difícil entender por qué aceptó este trabajo de niñera —contraatacó Lindsey—. ¿Quién se lo sugirió? —su fría mirada azul pasó de ella a Royce.

—Eso no es asunto tuyo, Lyn —atajó Royce.

—Creo que tiene razón —intervino Cameron, que hasta ese momento había permanecido en completo silencio—. También sería bueno que no le dieras a Ina la menor oportunidad de chismorrear; Sharon ya no es parte de esta familia.

—Pues alguien debería decírselo a ella —Lindsey respondió a su marido con dureza—. La verdad es que no entiendo a qué viene todo ese misterio.

—No hay misterio alguno —aclaró Royce—. No creo que Catrina me haya ocultado nada a mí, que es con quien tenía que hablar del tema. Aparte de eso, si hay cosas de su vida que no desea compartir, es única y exclusivamente asunto suyo. La próxima vez que hables con Ina puedes decirle que no estará en la lista de invitados la próxima Navidad.

—¡Qué drástico! —exclamó Lyn sin pensar—. Sabes que Ina vive con la sola ilusión de venir aquí de vez en cuando. Al igual que Sharon, no puede sacarte de su corazón.

—Te aseguro que eso no me preocupa lo más mínimo —dijo Royce con cierta crueldad—. Abuela, no creo que todo esto esté resultándote muy agradable.

—Al contrario —respondió la dama con su dulzura habitual—. Me ha encantado conocer a Catrina. Solo espero que vengas a verme de vez en cuando —dijo dirigiéndose a la niñera—. Así podremos charlar tranquilamente.

—Estaré encantada de hacerlo —contestó Carrie; en sus ojos se veía reflejada la gratitud que sentía por la señora McQuillan.

—Ahora creo que es hora de que me vaya a la cama —anunció Louise—. ¿Me acompañas arriba, cariño?

—Claro, abuela —Royce se puso en pie inmediatamente, al igual que hizo Cameron, que, después de ayudarla a levantarse, le dio un beso a su madre y volvió a sentarse.

—Buenas, noches, hijo —se despidió la señora con cariño.

En cuanto hubieron salido de la habitación, Carrie se disculpó con la excusa de querer dar un paseo y dejó solos a la extraña pareja formada por Cameron y Lindsey, que no parecían tener absolutamente nada en común. De hecho, Carrie pensó que Lyn parecía sentirse mucho más atraída por el sobrino de su marido que por este último. Parecía a todas luces una situación peligrosa.

Fue un auténtico alivio encontrarse sola en los maravillosos jardines de la casa. Comenzó a pasear por el sendero de piedrecitas dándose cuenta de que jamás había estado en un jardín de tales proporciones. La luz de la luna iluminó su camino hasta la laguna mientras iba analizando lo ocurrido durante la cena. La inquietaba que Sharon se hubiera tomado tantas molestias para averiguar cosas sobre ella; tampoco comprendía muy bien el comportamiento de Ina o el de Lindsey... Royce debía de ser muy irresistible para tener a tres mujeres tan obsesionadas con él. También ella sentía cada vez con más fuerza el poder de su encanto. Ya ni siquiera le parecía que el accidente fuera tan importante como antes, pensó mientras se tocaba el dedo herido.

Lo más positivo de Maramba hasta ese

momento había sido conocer a Reggie y ver que, efectivamente, parecía que iba a llevarse bien con ella. En un solo día había conseguido que comiera y cenara sin problemas. Lo único que había tenido que hacer había sido charlar y jugar con ella mientras comía, y pedir que le prepararan algo que le gustara, además de adornarle los platos de forma que le resultaran más divertidos y atrayentes. También era positivo, y completamente nuevo para ella, lo que estaba sintiendo por Royce. Jamás había experimentado el placer de observar a alguien y perderse en sus ojos, de dejarse arrastrar por su sonrisa y su cálida voz... No podía evitar comparar esas sensaciones con lo que debía sentir una mujer como Lindsey, una mujer que se había casado con un hombre mucho mayor que ella, y luego se había enamorado de su sobrino, dos factores que no hacían esperar nada bueno.

De vuelta al interior de la casa, pasaba por la puerta de la biblioteca cuando vio algo que la dejó helada. Royce, con aspecto alterado, no sabía si por la furia... o la pasión, tenía a Lindsey agarrada por los hombros. Ella lo miraba a los ojos como si estuviera suplicándole. Fuera lo que fuera lo que estaban diciéndose el uno al otro, sus cuerpos denotaban la excitación de ambos.

Carrie sintió un violento golpe en el pecho.

¡Era imposible! ¡No podía creer que estuvieran teniendo una aventura! Sin saber muy bien qué hacer ni cómo reaccionar, salió corriendo otra vez al jardín con el corazón a punto de salírsele del pecho. A pesar de lo poco que conocía a Royce, le resultaba muy difícil imaginar que pudiera traicionar a su tío de ese modo.

Llegó corriendo hasta la orilla de la laguna; allí se deshizo de las sandalias y anduvo por la hierba fría y húmeda. Cuando todavía se encontraba intentando calmarse, se quedó mirando las luces de la casa a lo lejos y vio la silueta de Royce asomarse a uno de los balcones y quedarse mirando hacia donde se encontraba ella. No sabía si podía distinguirla desde allí, pero solo pensar que pudiera salir a su encuentro, le hizo sentir la urgencia de huir, de modo que comenzó a andar en dirección contraria a la casa. Minutos más tarde, se detuvo a descansar apoyada en un árbol.

—¡Por amor de Dios! —exclamó una voz de hombre junto a ella. ¿Cómo demonios había llegado él hasta allí?—. Aunque viviera cien años, jamás llegaría a entender las cosas que hacéis las mujeres —dijo Royce McQuillan.

Carrie intentó reír, pero no encontró las fuerzas necesarias.

—Lo siento, creo que me desorienté mientras paseaba por el jardín.

—A lo mejor deberías haberte limitado a pasear por el sendero —él podía percibir cómo temblaba su cuerpo y su voz entrecortada. Intentó no pensar en lo que sentía viendo aquel rostro femenino iluminado por la luz de la luna.

—Quería echar un vistazo a la laguna.

—Escucha —le dijo de pronto poniéndole la mano en el brazo—. No te lo voy a decir más que una vez: no andes por ahí por la noche y, sobre todo, no pasees cerca del agua, porque hay muchas zonas pantanosas y podrías quedarte atrapada entre los juncos. No pensé que tuvieras tan poco sentido común. ¡Además no llevas nada que te proteja los pies, solo un simple trozo de cuero!

—Lo siento, lo olvidé —se quedó paralizada como una estatua, consciente del tacto de su mano en el brazo—. No volveré a hacerlo, de verdad.

—¡Dios! ¿No te das cuenta de que tu seguridad es responsabilidad mía? —le preguntó con impotencia.

—Mira, estoy bien —de pronto Carrie sintió que estaba recuperando las fuerzas—. No necesito que me acompañes hasta la casa.

—¿Qué te ocurre? —le preguntó mirándola de otro modo—. Algo te ha puesto de mal humor.

—No te preocupes, ya se me pasará —aseguró con todo el cuerpo en tensión.

—Cuéntamelo.

—Ni lo sueñes.

—Debe de ser algo horrible... ¿Cuánto tiempo llevas por el jardín? —le pareció notar que le temblaba la voz.

—No sabía que tuviera que dar cuenta de todas mis movimientos.

—¡Vaya! Parece que hemos recuperado la hostilidad. Eso te delata...

—No quiero hablar de ello.

—A mí puedes contármelo todo —aseguró con firmeza—. Has visto algo, al menos crees haber visto algo..., algo que te ha hecho sentir incómoda, y por eso has salido a pasear en mitad de la noche.

—¿Por qué no lo dejamos? —Carrie era consciente de que su voz sonaba demasiado crispada.

—¿Por qué te pones así? ¿Qué es lo que quieres que dejemos?

Carrie bajó la cabeza y el pelo le cayó sobre el rostro como una cortina.

—Me imagino que a veces la verdad es la única solución —dijo con resignación.

—Déjame que te ahorre el esfuerzo. Entraste en casa y nos viste a Lindsey y a mí teniendo una acalorada discusión.

—Más o menos —admitió en voz baja.

—¿Y por qué eso te ha afectado tanto? —tenía los ojos clavados en ella—. No creo que sea asunto tuyo.

—Es que me ha sorprendido lo que he visto.

—¿Acaso crees haber visto una escena de amor ilícito? —le preguntó mofándose de su interpretación.

—No hace falta que seas tan irónico —dijo algo avergonzada.

—Tampoco hace falta que tú te comportes como si fueras un paradigma de virtud. Para su información, señorita Russell, no estoy teniendo una aventura con la mujer de mi tío, si esa es la conclusión a la que habías llegado. ¿De verdad me crees capaz de algo así?

—No, no quería creerlo, pero está claro que ella está enamorada de ti. Es mejor que lo sepas.

—¿Eso es lo que te ha parecido? —le preguntó con dureza.

—Desde el primer momento que la vi, sí.

—Pues felicidades por tus dotes de adivina.

—¿Qué es lo que le has dicho? —dijo Carrie sin pararse a pensar.

—¿Quién demonios te crees que eres? —ahora parecía atónito, más que furioso u ofendido—. Está claro que no te sientes cómoda siendo únicamente la niñera de Reggie.

—También está claro que estoy siendo testigo de una verdadera pantomima —contraatacó decidida a no dejarse humillar—. Puede que estuviera en el sitio más inoportuno en el momento más inoportuno. Yo solamente miré a una habitación totalmente iluminada y con la puerta abierta.

—Y te apresuraste a sacar conclusiones sin molestarte en pensar.

—De acuerdo —dijo Carrie mirando a la luna en busca de ayuda—. Lamento lo que ha ocurrido y siento haberte ofendido... Sé que jamás traicionarías a tu tío.

—¿Hay algo más que quieras decir? —le preguntó Royce apretándole el brazo.

—Sí, no te enfades conmigo, por favor.

—Está bien, firmemos un alto el fuego —respondió mientras su mano pasaba del brazo hasta la mano de Carrie—. Vamos a dar un paseo antes de volver. Pero, antes de nada, me gustaría decirte que lo de que Lindsey esté enamorada de mí es totalmente descabellado. Por decirlo a las claras, Lyn no recibe el sexo que ella desea y lo que hace es buscarlo en otros sitios... Pero te aseguro que no soy yo el que satisface sus deseos. También se lo he dejado muy claro a ella, así que creo que me odiará el resto de su vida.

—¡Uf! —exclamó Carrie con pena—. El amor es una enfermedad.

—No es amor.

—Bueno, el sexo. ¿Y no podrían Lindsey y tu tío irse a vivir a otro sitio? Estoy segura de que él tiene dinero de sobra.

—Sí, y eso es lo que le ha traído gran parte de sus problemas —le explicó sin rodeos.

—Pues es un hombre muy atractivo.

—Y muy amable, algo que no se puede decir de mí. Pero también es su peor enemigo, y es muy difícil luchar contra uno mismo.

—Qué pena —opinó Carrie mientras se daba cuenta de que el roce de los dedos de Royce estaba empezando a causarle cierta excitación.

—Puede que sea una pena, pero a mí me está haciendo perder la paciencia.

—Hacen una pareja de lo más extraña.

—Bueno, no es el único que se ha casado con la mujer que no le convenía —dijo asqueado.

—Ya conocerás a la adecuada —le prometió ella.

—¿Eres adivina? —le preguntó en tono burlón mirándola a los ojos.

—No, solo intentaba animarte.

—Qué amabilidad la tuya —siguió con el mismo tono sarcástico, pero su voz era cada vez más cálida.

—No seas tan ácido. Hasta los más inteligentes cometen errores.

Para sorpresa de Carrie, él soltó una carcajada.

—Catrina, eres muy perspicaz para ser tan joven.

—Sí, así soy yo —respondió ella con tristeza.

—Oye, que a mí me gusta —y antes de que pudiera considerar lo que estaba haciendo, tomó su rostro entre las manos y la miró fijamente a los ojos—. ¿Qué estás haciendo conmigo?

Carrie no tuvo tiempo para contestar porque, antes de intentarlo siquiera, se encontró con los labios de Royce pegados a los suyos. Entreabrió la boca y recibió su beso con placer. Fue un beso suave, delicado; pero también increíblemente cautivador y excitante.

—Di... dijiste que no volverías a besarme —consiguió susurrar una vez que se separaron sus bocas.

—Y estaba seguro de ello cuando lo dije —le respondió con ternura y sensualidad mientras le retiraba el pelo de la cara.

—Bueno, pues quizá no deberías haberlo hecho, porque no sé cómo reaccionar y me impide pensar con claridad...

—Es tu castigo por haberme espiado...

No vuelvas a hacerlo. Recuerda que soy tu jefe, lo cual es una pena —dijo tomándole la mano y empezando a andar hacia la casa.

—¿Tenías estos mismos problemas con mis antecesoras? —no pudo resistir la tentación de preguntárselo.

—Ellas no eran ni la mitad de atractivas que tú —contestó burlón—. ¡No puedo creer lo que me está pasando! ¡Hace dos semanas ni siquiera te conocía!

—Sí, es muy raro —asintió Carrie. En realidad creía que era más que eso: era sorprendente. Después de tantos meses de sufrimiento, ahora el mundo le parecía diferente.

—Mira las estrellas —le pidió deteniéndose y pasándole el brazo por los hombros—. Nos pase lo que nos pase a nosotros, ellas siguen imperturbables, siempre resisten.

—Lo mismo que se supone que debemos hacer nosotros —comentó Carrie con tristeza. Notaba el calor que le transmitía su cuerpo y pensaba que tenía que hacer algo con la enorme confusión que todo aquello estaba haciéndole sentir.

—¿Sabes, Catrina? A veces las cosas empeoran antes de mejorar —le aseguró Royce como si pudiera leer sus pensamientos—. Hay que seguir luchando.

—Eso es precisamente lo que pienso hacer.

Siguieron hablando animadamente durante un largo rato, ajenos por completo a la mujer que los observaba desde uno de los balcones de la casa... Tampoco sabían cuánto tiempo llevaba allí...

CAPÍTULO 7

DE LA noche a la mañana, Reggie pareció convertirse en una niña nueva. De pronto era una niña agradable y siempre dispuesta a ayudar; la comprensión y amabilidad de Carrie habían operado un auténtico milagro con el que todo el mundo parecía estar encantado.

En solo un mes habían conseguido establecer un eficiente horario de trabajo y, en contra de lo que todo el mundo le había asegurado, Reggie había resultado ser una brillante estudiante. Lo único que necesitaba era alguien que hiciera que las materias le resultaran interesantes.

También las comidas dejaron de suponer una lucha. Incluso la señora Gainsford tuvo que admitir que los métodos de Carrie funcionaban a la perfección, lo cual fue un incentivo para que ella contribuyera preparando menús más adecuados para una niña. Todo aquello hizo que Reggie por fin ganara peso.

Pero no todo era trabajar. A menudo salían de excursión con el coche que Royce había puesto a su disposición. De hecho, Carrie había llegado a pensar que él era capaz de cualquier cosa con tal de hacer que su estancia fuera agradable y que Reggie fuera feliz.

Lo que no había conseguido de la pequeña era que aprendiera a nadar. Durante sus excursiones, mientras Carrie chapoteaba, feliz, Reggie jugaba en la orilla. Eso era precisamente lo que ambas estaban haciendo aquel día.

—Pareces una sirena —le dijo la pequeña mientras la veía nadar.

El agua está buenísima —aseguró ella intentando despertar su curiosidad.

—¡Ni hablar! En el fondo de los lagos hay espíritus.

—¿Espíritus? —le preguntó creyendo no haber oído bien.

—Sí, a ti también pueden atraparte —aseguró la niña.

—Este sitio es una maravilla. ¿Es que no notas la tranquilidad que se respira?

—Sí, es tranquilo —asintió Reggie—. Pero también hay cosas malas.

—¿Quién te ha dicho eso? —le preguntó Carrie saliendo del agua para hablar detenidamente.

—Eres muy guapa —comentó la pequeña con admiración—. El tío Cameron le dijo a

Royce que eras la mujer más bella que había visto en toda su vida, y lo dijo delante de Lindsey.

—¡Madre mía! —exclamó Carrie imaginando lo que habría sentido Lyn.

—Cameron solo dijo lo que pensaba —lo disculpó Reggie—. El tío es genial, pero casi no habla.

—Creo que su silencio se debe a todos los problemas que tiene sin resolver y la tristeza que eso le provoca.

—¿Por qué está triste?

—Está triste desde que perdió a su mujer, y nunca ha podido olvidarla —Carrie no pudo evitar acordarse de su padre y de toda la tristeza que llevaba soportando, sin conseguir aceptarlo, desde la muerte de su madre.

Regina asintió con un gesto de adulto.

—¿Entonces por qué se casó con Lyn? —le preguntó con toda lógica.

—Quizás pensó que ella lo ayudaría a recuperar la alegría...

—Pero Lindsey no es nada alegre... Aunque ahora ya no me da ningún miedo.

—Eso espero —respondió Carrie con instinto protector.

—Antes sí. Hasta oí que le decía a Ina que nunca había creído que yo fuera una de ellos.

—¿Una de quiénes?

—No lo sé. Creo que está loca. Ella me

habló de los espíritus de la laguna: unos monstruos que te atrapan por los tobillos y te arrastran hasta el fondo. Yo no sé, nadar, así que me ahogaría.

Carrie pensó que debía hablar con Lindsey urgentemente.

—Te voy a enseñar a nadar y, dentro de nada, chapotearás como un pez, si tú quieres, claro —le prometió ella— Conmigo no tendrías miedo, ¿verdad?

—Me lo pensaré, ¿bueno?

—Estupendo —respondió Carrie satisfecha.

Unos minutos después, mientras seguían charlando entretenidas y disfrutando del sol, vieron cómo se acercaba un hombre a caballo.

—¿Queréis que os haga un poco de compañía? —les preguntó de lejos.

—Se supone que deberías estar trabajando —respondió Reggie riéndose—. Se lo voy a decir a Royce.

—Déjame descansar un poco, princesa.

Se trataba de un tipo alto, delgado y bastante atractivo; su nombre era Tim Barton y era hijo de un importante comerciante de Melbourne. Estaba trabajando en Maramba de forma temporal. Carrie lo había visto varias veces por la explotación y le había caído bien, aunque era obvio que le interesaba más divertirse que trabajar.

—¿Qué tal estáis? —saludó sin dejar de mirar a Carrie con admiración.

—Has venido a ver a Carrie, ¿verdad? —adivinó Reggie, y lo dijo con toda sinceridad.

—Esta niña es demasiado lista. El caso es que sí; Carrie, quería preguntarte si te apetecería ir a dar una vuelta a caballo el sábado por la tarde.

—Iremos encantadas —aceptó Regina hablando por las dos.

—Princesa, creo que eres demasiado pequeña para montar a caballo.

¡No es verdad! —protestó la pequeña indignada—. Además, Carrie puede enseñarme.

—Bueno, a lo mejor Carrie quiere un poco de tiempo para sí misma —sugirió Tim con delicadeza.

—Es que es mi niñera. También podemos ir en el coche.

—Por qué no —dijo por fin Carrie apiadándose de Tim—. ¿Te parece bien el plan? —consultó al muchacho deseando que hubiera sido Royce el que la invitara a ir a montar a caballo.

—¿No te puedes librar de esta preciosidad ni un solo día? —le preguntó él medio bromeando.

—No, no puede —intervino Reggie—. Seré vuestra... ¿Cómo es la palabra...?

—¿Carabina? —contestó Tim echándose a

reír, cosa que también hizo Carrie. Justo en esa situación fue cómo los encontró Royce, que tuvo que admitir ante sí mismo que aquella estampa de los tres pasándolo tan bien le provocaba una rabia de todo punto ilógica. Observó que Tim no podía dejar de admirar el maravilloso cuerpo casi desnudo de Carrie.

—Tim, ¿no deberías estar echándole una mano a Lance? —le preguntó de lejos utilizando su tono autoritario.

—Ahora mismo voy. Es que oí a las chicas de lejos y me acerqué a saludarlas. Bueno, hasta el sábado entonces, Carrie.

—De acuerdo, te recogeré a las dos —respondió ella estudiando la reacción de Royce.

—Estupendo.

«¿El sábado?», pensó Royce mientras se dirigía a ellas. ¿Qué estaba ocurriendo allí?

—¿Qué tal lo pasáis, chicas? —les preguntó en tono animoso una vez que estuvo a su lado, momento que Carrie eligió para cubrirse con un pareo.

—¡Muy bien! —respondió la niña entusiasmada—. Tim nos ha invitado a ir de excursión el sábado.

—No es verdad —dijo Royce algo enfadado.

—Sí es verdad, creo que se ha enamorado de Carrie.

—Vamos, no digas barbaridades —le pidió Carrie sonrojada. Se había dado cuenta de que, mientras con Tim había estado totalmente relajada a pesar de estar en bañador, con Royce le daba la sensación de estar desnuda, por eso se había puesto el pareo nada más llegar él.

—Pues siento decepcionaros —dijo lanzando una furtiva mirada a Catrina—, pero el sábado Tim tiene que trabajar.

—Pues él dijo que estaba libre, ¡Yo quería ir de excursión! protestó Regina.

—Os puedo llevar yo.

—¿De verdad? —dijo la pequeña dándole un abrazo a Royce—. ¿Lo prometes?

—Reggie, ya sabes que yo siempre hago lo que digo.

—Sí. ¡Y te quiero! —exclamó sin dejar de pegar saltos—. ¿No lo quieres tú también, Carrie?

—Tu padre es maravilloso —salió del paso Carrie intentando ocultar el rubor que sentía en las mejillas.

—Muchas gracias, Catrina —respondió Royce al cumplido con un ligero toque de provocación.

—Quiero decir que eso es lo que opina todo el mundo —matizó Carrie.

—Bueno, podemos ir en helicóptero hasta la selva —sugirió Royce.

—¡Sí! ¡A Carrie le va a encantar!

—La verdad es que suena muy bien —dijo ella demostrando también su entusiasmo ante la idea—. Pero ¿qué voy a hacer con Tim? —preguntó mirando directamente a los chispeantes ojos negros de Royce.

—Yo me encargo de decírselo.

Cuando Lindsey oyó hablar del plan de ir a la selva, decidió que ella también quería ir.

—Será estupendo poder escapar de la monotonía habitual de Maramba —afirmó Lyn.

—Si lo que quieres es cambiar, cariño —intervino su marido—, también puedes ir a Brisbane; allí tienes muchos amigos.

—Sí, pero no me apetece ir sola…. Creo que prefiero el viaje a la selva.

—Bueno, tendré que consultarlo con Reggie —dijo Royce sabiendo que a la niña no le iba a hacer ninguna gracia—. Al fin y al cabo es su viaje.

—Estás bromeando —contestó Lyn, ofendida.

—Tendrás que reconocer que no es que Reggie y tú seáis buenas amigas…

—Cariño, tienes que admitir que se lo has hecho pasar un poco mal a la niña —opinó Cameron.

Puede ser, pero desde que llegó Carrie, está

mucho más sociable: ya apenas se la oye decir groserías —explicó Lindsey.

—Puede que vuelva a decirlas cuando se entere de los cambios —comentó Royce sin piedad—. Yo estaría encantado de que vinieras, claro —añadió con fingida amabilidad.

Efectivamente, Reggie se puso furiosa cuando le comunicaron los planes de Lyn.

—¡Lo estropeará todo! Querrá pasarse todo el tiempo hablando con Royce. ¿Por qué no le dice que no puede venir?

Carrie respiró hondo antes de contestar mientras intentaba encontrar una explicación que la niña entendiera.

—Me imagino que no quiere herir los sentimientos de Cameron,; después de todo, Lyn es su mujer.

—Ya me parecía a mí que era demasiado bonito para ser verdad —protestó la niña apenada—. Ojalá pise una serpiente.

—Vamos, cariño, no puedes decir esas cosas —la reprendió su niñera con suavidad.

—¿No le puedes pedir a Royce que le diga que no venga? A ti te hará caso.

—No sé si me escuchará siquiera —respondió ella, que tampoco encontraba nada atrayente la idea de compartir el viaje con Lindsey.

—Seguro que sí. Además, a él tampoco le cae bien Lindsey... Ni siquiera a Ina le gusta, aunque diga que son amigas. Tendrías que oír cómo la llama.

—No, Reggie, prefiero no saberlo.

—Pues la llama «guarra» —farfulló Regina sabiendo que no debía decir esas cosas.

—Qué falta de educación —comentó Carrie—. Y me parece que tú has oído demasiadas cosas para tu edad.

—Es que siempre se olvidan de que estoy delante... No quiero que venga; por favor, habla con Royce.

Carrie decidió hacerlo esa misma noche, así que fue a verlo a su despacho.

—¿Podemos hablar un momento?

—Claro, pasa y cierra la puerta. Supongo que hasta puedes cerrarla con llave.

—¿No es un poco drástico? —preguntó Carrie sorprendida.

—Es que es la única manera de estar tranquilo aquí.

—¿Te estoy molestando?

—Tú no molestas —respondió sonriendo—. Dispara.

—Bueno..., el caso es que Reggie me ha suplicado que te pida que no dejes venir a Lindsey a la excursión —comenzó a explicarle con cierto nerviosismo.

—¡Estupendo! —contestó con sarcasmo—.

Si lo hago, no solo ofenderé a Lyn sino también a mi tío.

—Sé que es una situación muy difícil.

—¡Problemas, problemas! Eso es en lo que se ha convertido mi vida.

—A lo mejor resolverías un par de ellos si…

—¿Les echara de esta casa?

—Bueno, yo no lo habría dicho de una forma tan dura.

Royce se quedó mirándola en silencio durante unos segundos.

—Me gusta cómo te queda el blanco. Blanco para los puros de corazón.

—Es que resulta más fresco cuando hace tanto calor. ¿Estás seguro de que no va a haber tormenta?

—¿Qué ocurre? ¿Necesitas un poco de emoción? —le preguntó con dulzura.

—Solo estaba comentando el calor que hace; el ambiente está muy húmedo.

—Los trópicos, Catrina —se levantó para encender el ventilador del techo—. ¿Mejor así? —la miró desde arriba y observó su belleza y su energía… Solo verla le partía el corazón.

—Gracias. ¿Entonces qué le digo a Reggie?

—Que fue a ella a la que se le escapó lo de la excursión.

—Vamos… Es que estaba muy emocionada.

—Lo sé, ya hablaré yo con ella.

—Por cierto, ¿no quieres que te llame «papá»?

—Royce es un nombre muy bonito respondió escuetamente—. No te piensas dos veces si preguntar las cosas, ¿verdad?

—Tienes razón. Es que me resulta un poco extraño. Reggie te quiere tanto... Pensé que..., no sé... Que alguien te llame papá debe de ser una de las cosas más bonitas del mundo.

—Me alegro de que comparta sus opiniones conmigo, señorita Russell —respondió bromeando—, pero espero que respete mi decisión.

—Lo siento —se disculpó Carrie mordiéndose el labio.

—No te preocupes. Por cierto, ¿de quién fue la idea de que Jada diera clases de dibujo a Reggie?

—Mía. Deberías verlas juntas, se lo pasan fenomenal. Yo no sé dibujar.

—Pero se te dan bien otras cosas... como la música —observó su reacción atentamente—. Comprendo tu dolor, pero creo que es hora de que intentes deshacerte de él. Si tú puedes darme consejos, yo también. Como no vuelvas pronto a tocar el piano, se te va a olvidar cómo hacerlo.

—Es que está tapado.

—Menuda excusa. Si es por eso, haré que quiten el tapete. Bueno, ¿te animas a tocar algo para mi? Tengo ganas de ver cómo lo haces.

—No —respondió con énfasis.

—De acuerdo, esta noche no, imagino que antes querrás ensayar un poco.

—Te odio —le dijo con los ojos chispeantes.

—Podré superarlo, pero si vuelves a decírmelo, tendré que despedirte.

—¿De verdad?

—No. Tu trabajo es demasiado valioso para mí. Oye, Catrina, ahora tengo cosas que hacer. Dile a Regina que mantenga la boca cerrada y yo me encargaré de que vayamos solo los tres.

—¿Vas a decirle a Lindsey que no puede venir?

—¿Es que no me crees lo bastante valiente para hacerlo?

—¡Para nada! —dijo Carrie poniéndose en pie—. De hecho, creo que eres capaz de enfrentarte a casi todo.

Iba Carrie por el pasillo principal de la casa cuando Lindsey salió a su encuentro.

—¿Tienes un minuto?

A pesar de que no la había saludado con demasiada amabilidad, ella contestó con corrección:

—Por supuesto, señora McQuillan.

—Entra, por favor —dijo invitándola a entrar en el cuarto de estar.

Como era costumbre en ella, Lyn iba vestida como si fuese a asistir a una fiesta de gala; esa vez había elegido un vestido azul cortísimo, del mismo color que sus ojos. Carrie no pudo evitar sentir cierta pena por aquella mujer, que se había casado con un hombre cuya familia se oponía a la boda.

—Te he visto entrar al despacho de Royce. ¿De qué habéis estado hablando?

Carrie, con el temperamento que suele caracterizar a las mujeres pelirrojas, le lanzó una mirada de reprobación.

—Pues era un asunto privado relacionado con Reggie.

—¿No crees que te excedes corriendo a contárselo a Royce? —le preguntó con los ojos llenos de malicia.

—No, no lo creo —Carrie se las arregló para mantener la corrección, aunque le estaba costando un gran esfuerzo—. Señora McQuillan, ¿qué es exactamente lo que quiere decirme?

—Veo que no eres nada tonta. Solo quiero advertirte que no te enamores de Royce, porque creo que estás en camino de hacerlo.

Carrie ni siquiera se paró a pensar lo que iba a decir.

—Debe de ser la costumbre de la zona —respondió con ironía.

—¿Cómo dices? preguntó Lindsey repentinamente incómoda.

—Mire, no quiero Molestarla, pero creo que usted también se siente atraída por Royce —era sincera al decir que no quería herirla.

—¡Cómo te atreves! exclamó indignada.

—Solo intento comportarme como una amiga. Me parece una situación muy triste.

—Desde luego es una situación que no te incumbe en absoluto —sentenció algo alterada— Estábamos hablando de ti.

—No, no estábamos hablando de mí. Yo no soy el enemigo en este asunto —respondió Carrie con firmeza—. Y no estoy dispuesta a dejar que me ataque.

—Y te has defendido con fuerza —afirmó Lyn sorprendida.

—Siento mucho si la he ofendido.

—Más lo vas a sentir si te entrometes entre Royce y Sharon. Ella sigue siendo una competidora a tener en cuenta.

—Pues no creo que Royce piense lo mismo —dejó caer Carrie sutilmente.

Estaba claro que la conversación no estaba desarrollándose precisamente como Lindsey había previsto.

—Me temo que hay muchas cosas que no sabes.

—Puede ser, pero yo que usted no me fiaría de lo que le cuente Ina —advirtió la niñera.

—¿A qué te refieres?

—Es solo un rumor, pero le aconsejo que se ande con cuidado. Ina no merece su confianza.

—¿De dónde sacas esa información? —le preguntó llena de suspicacia—. Seguro que te lo ha contado la abuela, desde que llegaste has hecho todo lo posible para congraciarte con ella.

—Porque es una mujer encantadora y me gusta charlar con ella y con Jada.

—Ya. ¿Por eso también has congeniado tanto con Cameron?

—Señora McQuillan, su marido es un hombre estupendo, y muy amable —afirmó Carrie dudando que ella fuera consciente de las virtudes de su esposo.

—¡Cameron no es más que un cretino sin nada que ofrecerme! —Lindsey estalló con furia—. Se suponía que íbamos a hacer muchas cosas, íbamos a viajar por todo el mundo. Pero él no es capaz de abandonar esta maldita casa. Es patético.

Aquel era un punto de vista que no se le habría ocurrido jamás.

—Seguro que usted puede convencerlo de que quiere tener su propio hogar —le dijo Carrie sintiendo una repentina solidaridad hacia esa mujer—. ¿No quieren tener hijos?

—No. Lo que quiero es tener una vida.

—Entonces le aconsejo que se vayan de Maramba cuanto antes.

Lindsey se quedó en silencio pensando lo que acababa de escuchar.

—¿Por qué permito que una niñera me hable así? —dijo por fin.

—Porque necesita alguien en quien confiar y yo entiendo por lo que está pasando.

—Seguro que sí —respondió con ironía al tiempo que se ponía en pie—. Lo que ocurre es que estás enamorada de Royce y te conviene que yo me aleje.

—Señora McQuillan —comenzó a hablar con firmeza—, yo aquí soy única y exclusivamente la niñera de Reggie, y no tengo la menor intención de confiarle a usted mis sentimientos, sean los que sean. Ahora que menciono a Reggie, me gustaría pedirle que dejara de llenarle la cabeza con historias de espíritus y encantamientos. No es más que una niña y esas cosas la asustan. Gracias a sus historias, no consigo enseñarla a nadar.

—Solo pretendía mantenerla alejada de —la laguna para que no le pasara nada —se disculpó Lindsey con torpeza—. Esa niña es un verdadero demonio.

—Lo que le ocurre a «esa niña» es que

nunca ha tenido el amor de una madre y lo necesita enormemente.

—¿Así que eso es lo que pretendes? —le preguntó sonriendo con amargura—, ¿Te vas a hacer indispensable para Reggie y así poder llegar hasta Royce?

—Parece que esta interesante conversación ha llegado a su fin —afirmó Carrie poniéndose en pie—. Yo no soy una persona manipuladora. No tengo ningún plan aparte de solucionar mis propios problemas antes de seguir adelante con mi vida. Lo único que puedo decirle es que yo no soy su enemiga, así que por favor, no me trate como si lo fuera.

El viaje a la selva, sin la presencia de Lindsey, fue una experiencia maravillosa para Carrie y Regina. Royce organizó una ruta completa para conocer parte de una de las últimas selvas tropicales del mundo. La variedad y frondosidad de los árboles y las plantas era impresionante; y lo mismo ocurría con los pájaros, mariposas y reptiles que tuvieron la suerte de poder observar. Cuando Regina estuvo demasiado cansada, Royce la llevó en brazos hasta el claro donde había descendido el helicóptero. Fue un día perfecto, lástima que esa perfección no se prolongara durante la noche.

Cuando llegaron a Maramba a última hora de la tarde, el capataz de la explotación informó a Royce de que había aterrizado una avioneta en la que viajaba Sharon Mc-Quillan.

—¡Mami! —exclamó Reggie sorprendida e ilusionada.

—¡Qué valor tiene! —la reacción de Royce fue más negativa.

—No os vais a pelear, ¿verdad, Royce? —preguntó Reggie con miedo de que su maravilloso día fuera a estropearse.

—Claro que no, tesoro —respondió él inmediatamente dándole un abrazo—. Vamos a ver qué quiere. Estoy seguro que no es nada bueno —le dijo a Carrie en voz baja cuando la niña se adelantó corriendo.

Carrie tuvo que hacer frente a una verdadera avalancha de sentimientos entre los que distinguía la impaciencia, el miedo y unos celos terribles. Pero lo peor de todo era que se sentía amenazada. No sabía hasta qué punto podía afectar esa visita a la relación que se estaba consolidando entre Royce y ella, aunque solo fuera amistosa.

—Creo que lo mejor es que Reggie y tú os mantengáis alejadas hasta que averigüe a qué ha venido. Por favor, no creas que no quiero que la niña vea a su madre —se justificó al ver la mirada de incomprensión de

Carrie—. Es solo que sé que ver a Reggie no es el motivo de su visita.

De algún modo, consiguieron entrar en la casa sin cruzarse con nadie. Una vez allí, Carrie se llevó a la niña al piso de arriba mientras pensaba aterrorizada que Royce estaba visiblemente alterado por la presencia de Sharon. ¿Sería posible que todavía sintiera algo por ella? ¿Por qué seguía teniendo tanto poder sobre él si no? Si eso era verdad, Carrie no quería ni imaginar qué podría hacer, y cómo podría superarlo.

Antes de llegar al dormitorio de Reggie se encontraron con Jada, que les dijo que Louise quería verlas.

—A la abuela no le gusta mamá —dijo la pequeña de camino a la habitación de la señora McQuillan.

—No te preocupes, cariño, que no va a pasar nada —le aseguró Carrie intentando convencerse ella también—. Papá y mamá son adultos, así que solucionarán sus problemas hablando.

—Tú no has visto a mi madre cuando está enfadada, es como un gato. A lo mejor ha venido a quedarse...

—¿Eso te gustaría? —no sería tan raro que al menos lo intentara, después de todo era su madre.

—La abuela dice que mamá no sabe cómo comportarse —dijo la niña sin responder a su pregunta.

—Pero eso no te lo dijo a ti, ¿verdad?

—No, se lo dijo a Royce.

—Reggie, tienes que dejar de escuchar las conversaciones de los mayores.

—Es que es la única forma que tengo de enterarme de lo que pasa —Carrie tuvo que admitir que era una forma muy eficaz.

Nada más entrar en la habitación, Louise fue directamente al grano, como solía hacer.

—Sharon está aquí —anunció muy seria.

—Estoy segura de que todo saldrá bien, señora McQuillan —afirmó Carrie tomando la mano de la señora. Se está preocupando por nada.

Louise soltó una carcajada llena de tristeza.

—Es difícil no hacerlo, cariño —dijo recostándose sobre los almohadones.

—Yo te cuidaré, abuela —le aseguró Regina con cara de preocupación—. A lo mejor mamá ha venido como amiga.

A Louise se le llenaron los ojos de lágrimas.

—Eres un encanto de niña —le dijo con ternura—. ¿Por qué no vas a jugar un ratito con Jada mientras yo hablo con Catrina?

—Bueno —Reggie se inclinó para darle un beso a su abuela—. ¿Qué vamos a hacer si ha venido para llevarme con ella?

—¿Querrías irte con ella? —le preguntó Louise con dulzura.

—No lo sé... No, creo que no —la niña se quedó pensando unos segundos—. Quizá una temporada, pero quiero estar aquí en Navidad, y no quiero ir a ningún sitio sin Carrie —Regina estaba empezando a preocuparse solo de imaginarlo.

—Ven conmigo, pequeña —la interrumpió Jada en el momento justo, y Reggie se fue con ella a la habitación contigua.

Louise McQuillan esperó hasta que oyó sus voces al otro lado para empezar a hablar.

—Catrina, sé que no llevas con nosotros mucho tiempo, pero tengo la impresión de conocerte bien, y confío en ti porque sé que solo quieres lo mejor para Reggie. Estoy muy preocupada y no puedo disimularlo. No sé qué ha venido a hacer Sharon, pero tengo miedo de que quiera utilizar a Regina de algún modo.

—¿Para conseguir algo de Royce? —preguntó Carrie sin comprender muy bien.

—Quizá —respondió la dama—. El caso es que quiero que estés con Reggie todo el tiempo e intentes protegerla de lo que pueda oír.

Carrie sintió la valentía suficiente para preguntar algo bastante osado.

—¿Hay algo de la señora McQuillan que yo desconozca, algo que pueda ayudarme a hacer mi trabajo?

Louise movió las manos con nerviosismo.

—Solo debes saber que Royce tiene mucho carácter y no va a aguantar demasiado sin explotar. Sharon va a hacer todo lo que pueda por provocarlo. También debes saber que nunca, jamás, podrá volver a formar parte de esta familia.

—¿Y qué pasa con Reggie? —Carrie estaba cada vez más preocupada por la pequeña—. ¿Es que su madre no la quiere ni un poco?

—La horrible realidad es que Sharon nunca quiso a Reggie, ni siquiera el día que nació; fue Royce el que se encargó de ella desde el primer momento. Me imagino que Sharon se quedó embarazada sin desearlo y la pobre Reggie tuvo que pagar por ello.

—Pero una mujer tan enamorada de su marido debería haber sentido algo por la hija de ambos —Carrie no daba crédito a lo que estaba escuchando.

—Quizás si se hubiera parecido un poco a Sharon...

Ella fue una niña preciosa, con el pelo negro y los los azules.

—Pero Reggie es increíblemente inteligente.

—No creo que eso sea un consuelo para una mujer como su madre. La niña ha sufrido mucho precisamente por ser tan inteligente. Solo te pido que estés ahí cuando te necesite.

CAPÍTULO 8

CARRIE y la pequeña cenaron en la habitación de la primera, que fingió no haber perdido el apetito para que así Reggie comiera algo. De un momento a otro esperaban que alguien llamara a la puerta requiriendo la presencia de Regina en el comedor, donde estaban todos cenando. Sin embargo, a medida que pasaban las horas, iban perdiendo la esperanza de que sucediera tal cosa. Carrie no lograba comprender cómo una madre podía estar en la misma casa que su hija de seis años y no querer verla. También Regina se resignó a que no fueran a buscarla y se fue a la cama sin rechistar; incluso cerró los ojos rápidamente, como si estuviera ansiosa por salir de aquella decepcionante situación.

Después de una noche de calor sofocante, Carrie se despertó a primera hora de la mañana con el viento que golpeaba las ventanas abiertas de par en par y hacía volar las cortinas. Todavía medio dormida, se dio cuenta de que había tormenta y vio los relámpagos iluminar el campo todavía en penumbra mientras los truenos retumbaban entre las montañas.

De pronto cayó en la cuenta de que, si sus ventanas estaban dando golpes con el viento, también estarían haciéndolo las del dormitorio de Reggie. Sin molestarse en ponerse la bata, se apresuró a la habitación de la pequeña con el fin de llegar antes de que la despertara la tormenta y se asustara. En lugar de ir por el interior de la casa decidió pasar por los balcones, que estaban comunicados los unos con los otros. El viento ahora iba acompañado de lluvia, de modo que, al refugiarse en el cuarto de Reggie, llevaba el camisón empapado y el pelo alborotado.

Al verla entrar, Royce se quedó tan sorprendido como ella. Le empezó a latir con fuerza el corazón dentro del pecho y, sin pensarlo dos veces, la tomó entre sus brazos como intentando protegerla de la tormenta. Royce pensó que el impulso había sido el mismo en los dos. Entre sus brazos, Carrie no protestó, ni siquiera se puso en tensión; más bien pareció derretirse con el contacto de sus cuerpos… Estaba medio desnuda, su piel cubierta únicamente por un fino camisón de algodón blanco que, por el efecto del agua, dejaba adivinar la curva de sus pechos, e incluso se transparentaban los pezones sonrosados. Se moría de ganas de acariciar esos pechos, de besar esos pezones...

El deseo se hacía cada vez más incontrolable y se fortalecía el amor que había sentido por ella desde el mismo momento en que la vio la primera vez. Sí, se había enamorado de ella nada más conocerla. Pero también desde el principio había sabido que era peligroso para ambos, y había sido tal pensamiento el que llevaba parándole los pies tanto tiempo. En ese momento oyó que Carrie estaba susurrando algo y mirando la silueta de Reggie en la cama.

—Quería cerrarle las persianas —consiguió decir con voz entrecortada.

—Sí, yo también —dijo él soltándola con desesperación e impotencia—. Tienes que cambiarte cuanto antes, ese camisón está empapado.

Él estaba completamente vestido y seco, todavía no se había acostado; se había quedado demasiado alterado con la visita de Sharon y su comportamiento hacia Regina.

Para sorpresa de todos, Sharon no había hecho el menor intento de ver a su hija nada más llegar, como habría hecho cualquier madre normal. Había afirmado que prefería dejar el encuentro para el día siguiente. Por el contrario estaba «completamente emocionada» de ver a Royce, que no daba crédito al egocentrismo de su ex mujer.

Royce cerró las persianas de Reggie desde el balcón y dejó las ventanas entreabiertas para que no tuviera calor; después se dio media vuelta, tomó a Catrina de la mano, y fueron pasando de balcón en balcón hasta llegar al de ella. Una vez allí el deseo se hizo del todo irrefrenable y ambos se dejaron llevar.

—Te deseo tanto —le dijo él en un murmullo mientras acercaba su boca a la de ella, que lo esperaba ansiosa y con sabor a lluvia. Royce no podía aguantar las ganas de despojar aquel precioso cuerpo del camisón que se ajustaba a él como un guante, se moría por tenerla desnuda entre sus brazos. ¡Cuánto más podía aguantar un hombre teniendo una mujer como esa en su misma casa durante semanas y semanas! Una mujer que había conseguido un milagro con una niña tan problemática como Reggie; que había logrado comunicarse con normalidad con toda su familia. Era demasiado verla día tras día y soñar con ella noche tras noche.

Al separar sus labios por un instante, Royce vio con el rabillo del ojo a una mujer asomada a uno de los balcones. Sin perder ni un segundo levantó a Carrie del suelo y entró con ella a su habitación; no tenía la menor intención de que nada, absolutamente nada, estropeara aquel momento.

—Corre, métete en la cama —le pidió con urgencia mientras él se escondía en las sombras del dormitorio.

Carrie lo obedeció sin dudarlo y, unos segundos después, comprendió por qué se lo había pedido. Tras los cristales del balcón cerrado distinguió la figura de una mujer mirando hacia el interior. Aquella visión la sobresaltó de tal modo que se le escapó un grito ahogado.

¡Era Sharon! Carrie sintió algo parecido al asco. Parecía increíble, pero notó cómo intentaba abrir el balcón mientras ella fingía dormir profundamente; cuando se volvió a darse media vuelta Sharon había desaparecido. Carrie se levantó inmediatamente a cerrar las cortinas.

—¿Es posible que tu mujer pensara que te iba a encontrar en mi cama? —le preguntó a Royce mientras este salía de entre las sombras.

—Mi ex mujer —corrigió justo antes de echarse a reír—. Tienes que reconocer que tiene carácter.

—Esa mujer no es normal —sentenció ella furiosa—. Ni siquiera ha querido ver a su hija. ¿Cómo se explica eso?

—Catrina, no tengo tiempo para explicártelo ahora; en realidad no creo que pudiera hacerlo. Espero que la puerta esté cerrada con cerrojo.

—Sí —asintió Carrie.

—No creo que se pueda hablar con Sharon de manera civilizada, al menos yo he desistido, y lo único que me apetece es echarla a patadas.

—Te ha hecho sufrir mucho, ¿verdad?

—Sí, pero Reggie es la que peor lo ha pasado —respondió sombríamente.

—Bueno, y qué hacemos ahora? Le preguntó en voz muy baja.

—Lo que a mí me gustaría hacer ahora mismo es quitarte ese camisón empapado y secarte con una toalla —le dijo con cálida sensualidad.

—No soy una niña pequeña —contestó ella mientras notaba decenas de escalofríos recorrerle el cuerpo.

—Ya me había dado cuenta de eso —afirmó riendo—. Bueno, pues si mi primera sugerencia no es posible, creo que lo mejor es que me sirva una copa.

—Aquí no hay nada de beber, pero la verdad es que a mí también me vendría bien una copa. Voy a quitarme este camisón —dijo dirigiéndose hacia el otro lado del cuarto. De pronto se quedó parada al notar un pinchazo en la planta del pie —¡Ay!

—¿Qué ocurre?

—Me he cortado el pie.

—¿Con qué demonios te has cortado?

—No sé. El viento ha debido de tirar algo de las estanterías y se habrá roto.

—No te preocupes, te lo descontaré del sueldo —bromeó para intentar calmar la excitación que toda aquella situación le provocaba—. Ven, vamos al cuarto de baño.

—Voy a manchar la alfombra de sangre.

—Entonces tendré que llevarte en brazos —dijo levantándola sin ningún esfuerzo y, una vez en sus brazos, la besó suavemente en la boca.

—Me estoy acostumbrando a esto, señor McQuillan —le susurró encantada—. Se lo aviso.

—A lo mejor quiero que lo hagas.

Cerró la puerta del baño antes de encender la luz; después la dejó con suavidad sobre un banco de madera que había al lado de la bañera. Con extrema delicadeza empezó a curarle el pie.

—Esto te pasa por andar por ahí descalza... No tienes frío, ¿verdad?

—¿Estás de broma? ¡Estoy muy acalorada! —respondió Carrie riéndose de la situación—. Tú estás casi más mojado que yo —dijo mientras empezaba a secarse la cara y el pelo con una toalla. Él llevaba la camisa empapada y, por debajo de los botones abiertos se le veía el pecho fuerte y bronceado. Carrie sintió una sacudida en todo el cuerpo…

—Eso nos pasa por andar besándonos bajo la lluvia —se levantó a buscar algodón y agua oxigenada—. Tus pies son tan bonitos como tus manos.

—Llevo toda la vida oyendo eso —dijo sonriendo.

—¡Qué suerte tienes!

—No lo dirás en serio…

—Sí, lo digo muy en serio —respondió intentando demostrarle que realmente le importaba lo que decía—. Puedo ver el futuro, Catrina, y lo que veo sobre ti es muy bueno.

—¿Crees en el destino? —susurró ella.

—Sí. Fue el destino el que hizo que mis padres murieran en ese accidente; y fue el destino el que hizo que yo me casara con Sharon para luego divorciarme. La abuela siempre dice que la próxima vez que mi destino se manifieste será para traerme a la mujer adecuada, la mujer que me cautive nada más verla…

«Mírame, por favor, mírame», suplicó Carrie en sus pensamientos. Aquel hombre le había arrebatado el corazón y no sabía cómo recuperarlo.

—¿Sabes el nombre de esa mujer?

—dijo en voz tan baja que dudó si la habría oído.

—Suzanne —respondió él eligiendo un nombre al azar y acompañándolo de una provocadora sonrisa.

—¿De verdad? dijo buscando sus ojos.

—Catrina, no podemos quedarnos aquí y lo sabes —no sabía qué hacer, apenas podía ni mirarla porque la visión de tanta belleza le causaba dolor. Dolor porque sabía que, aunque fuera tan sexy, también era muy joven e inocente—. ¿Alguna vez has tenido un amante, Catrina? —se atrevió a preguntarle.

Carrie cerró los ojos consciente de que, si los mantenía abiertos, Royce vería en ellos lo locamente enamorada que estaba de él.

—No —respondió con sinceridad antes de volver a abrirlos y mirarlo fijamente—. ¿Por qué me haces sentir tan triste?

—No puedo creer que yo te ponga triste —dijo poniéndole la mano en el hombro.

—¿Entonces por qué me destrozas el corazón?

Aquella pregunta hizo que el ánimo de Royce renaciera de la desesperación. Sin darse cuenta de que se movía, bajó la mano del hombro a su pecho y empezó a acariciarlo con suavidad mientras con la otra mano dejaba caer el tirante del camisón y descubría la piel sedosa y llena de deseo—. ¿Qué estoy haciendo, Carrie? —susurró confundido. Se encontraba dividido en dos; parte de él deseaba decirle a Catrina que volviese a su cama, pero la otra parte le impedía dejarla marchar.

Ella lo acercaba a su cuerpo con fuerza; tenía la cabeza inclinada hacia atrás y la espalda arqueada por el placer que le daban sus manos.

—¡Eres preciosa! —murmuró extasiado mientras con la boca empezaba a recorrer su cuello y después sus pechos. Ella gimió al notar los labios de él en el pezón erecto por la excitación; él levantó el rostro en un intento por controlar algo que se le estaba escapando de las manos, pero ella le suplicó:

—¡No pares, por favor!

—No puedo hacer esto —se quejó Royce mientras la estrechaba contra sí—. No puedo, párame, por favor —le pidió con angustia mientras su cuerpo y sus manos hacían lo contrario de lo que decían sus palabras. Sus dedos se acercaban despacio al centro de aquel bello cuerpo femenino.

—Lo siento, lo siento —le temblaban las piernas de placer, pero sacó fuerzas de algún sitio para hacer lo que él le pedía.

—¿Por qué te disculpas? —farfulló él—. Soy yo el que está actuando de un modo descontrolado.

—Yo también he provocado ese descontrol

—argumentó ella aceptando su responsabilidad.

—Quiero hacerte el amor más que nada en el mundo, pero quiero que sea en el lugar y en el momento adecuados —aseguró mientras le retiraba el pelo de la cara en un gesto de cariño—. No soportaría que llegaras a odiarme.

¿Odiarlo? ¿Cómo podría odiarlo si lo amaba con todas sus fuerzas?

—¿Cómo se te ocurre decir eso? —susurró Carrie dulcemente—. Si me has cambiado la vida.

—Sí, te la he complicado —respondió él con voz sombría—. Hay cosas que no te he dicho, Catrina, pero me sentía atrapado.

—Pues dímelas ahora —le pidió con impaciencia.

—Ahora no —sonrió lleno de rabia—. No puedo seguir aquí contigo, no puedo dejar de pensar en hacerte el amor. Además nos espera un día muy difícil. Sharon es una persona inestable y desquiciada. Pase lo que pase, por favor prométeme que no te irás.

—Eso es fácil —dijo mirándolo a los ojos—. Te lo prometo.

—Te tomo la palabra —aseguró dándole un beso antes de salir de allí.

—¿Va a querer verme hoy mamá? —le preguntó Reggie a Carrie con la misma pena que provocaba en ella.

—Bajemos a ver —le sugirió tomando la repentina decisión de provocar el encuentro entre madre e hija—. No podemos seguir escondiéndonos, ¿verdad?

—Bueno, hace siglos que no veo a mamá.

—Pues vamos a demostrarle lo buena e inteligente que es su hija.

Desde la escalera se veía los rayos de sol entrar por las ventanas del piso de abajo. Con la niña aferrada a su mano, Carrie entró al comedor familiar, donde encontró a Sharon y a Lindsey sentadas a la mesa.

—Buenos días —saludó con corrección esperando que, nada más ver a su madre, Reggie le soltaría la mano y correría a su encuentro; pero no fue eso lo que pasó. En lugar de tenderle los brazos a su hija, Sharon McQuillan se dirigió a Carrie.

—Así que eres la nueva niñera, tan joven y guapa. No tuviste el valor de admitir quién eras, ¿verdad?

A pesar del ataque frontal al que se veía sometida, Carrie no flaqueó.

—Lo siento, señora McQuillan, pero me confunde. Me habla como si hubiera cometido un crimen.

—¿Y no te lo parece correr detrás de mi marido? ¿Dónde demonios estaba anoche?

—Pues le sugiero que se lo pregunte a él —contestó la joven con calma—. Me voy para que usted pueda hablar tranquilamente con su hija.

—No, no te vayas —respondió Sharon inmediatamente incapaz de controlar el enfado y los celos—. Mi hija ya no necesita ninguna niñera, me la llevo de aquí.

—¡Sharon! —exclamó Lindsey de pronto sin ocultar la sorpresa.

—Tú mantente al margen de esto, Lyn —advirtió la otra mujer en tono amenazante—. Te recuerdo quién soy, y que sé perfectamente cómo eres. Solo te utilizo cuando necesito información.

—¡Qué estás diciendo! —Lindsey se puso en pie llena de rabia—. ¡No tengo por qué oír esto!

—Entonces será mejor que te vayas.

—Bueno, creo que es preferible que me lleve a Reggie y volvamos en otro momento —intervino Carrie odiándose a sí misma por haber tenido la genial idea de aparecer allí de pronto con la pequeña.

—¡Reggie! ¿Qué clase de nombre es ese?

—¡El mío! —afirmó la niña con fuerza, recuperando parte de la violencia que, tenía cuando Carrie la conoció—. ¿Es que no te alegras de verme ni un poquito?

—¿Y como te atreves a saludar así a tu madre? —siguió Sharon con furia—. Ven aquí a darme un beso.

—No quiero —respondió Reggie refugiándose detrás de Carrie.

—La niña todavía no ha desayunado, voy a llevármela a la cocina para que coma algo —informó ella todavía empeñada en sacar de allí a la pobre Regina.

—¿Quién demonios te crees que eres?

—Es mi niñera —gritó Reggie—. Y yo la quiero mucho... y tú me das miedo.

Sharon fue hacia su hija como si fuera a darle una bofetada, pero justo en ese momento, apareció Royce McQuillan.

—¡Estáte quieta, Sharon! —ordenó mientras llegaba hasta el centro de la habitación vestido con su ropa de faena—. Carrie, por favor —dijo lanzándole un fría mirada—, llévate a Reggie a la cocina para que desayune.

—Yo también me voy —anunció Lyn dirigiéndose hacia la puerta—. Aquí no pinto nada.

—La verdad es que no —contestó él con dureza—. Esta familia nunca ha recibido el más mínimo apoyo por tu parte.

—Yo no sabía que fuera tan cruel, de verdad no lo sabía —se justificó Lindsey a punto de echarse a llorar.

—Vamos, Reggie, cariño —le dijo Carrie a la niña con dulzura. La destrozaba ver a la pequeña fuerte y valiente que ella conocía y quería convertida en un ser asustado y herido.

—¡Qué suerte tienes de haber encontrado una niñera tan cariñosa! —gritó Sharon—.¿Te la has llevado ya a la cama?

Carrie salió corriendo con las manos en los oídos de la niña en un último intento por ahorrarle algo de dolor.

—Ya está, Reggie —dijo nua vez a salvo en la cocina, pero esta no contestó, solo siguió aferrada a su mano con la mirada perdida en el suelo—.Venga, cariño, vamos a hacer un batido.

—Mi madre es odiosa —dijo de pronto Reggie respondiendo a las caricias de Carrie— ¿A qué es odiosa?

«Horrible de verdad», pensó Catrina, pero eso no se lo podía decir a la niña.

—Estaba enfadada por algo. La gente actúa sin sentido cuando está furiosa.

—Espero no tener que irme a vivir con ella.

—No te preocupestu padre no permitirá que tengas que hacer nada que no quieras hacer —por algún motivo, en ese momento, mientras acariciaba las diminutas manos de Reggie, Carrie decidió que la enseñaría a tocar el piano. Estaba convencida de que le vendría muy bien para superar el dolor que estaba subiendo.

Se encontraban en mitad de la cocina cuando entró la señora Gainsford.

—¡Santo cielo! —exclamó preocupada, y habría seguido si Carrie no le hubiera hecho un gesto para que no dijera nada delante de la pequeña—. Bueno, ¿de qué va a ser el batido hoy? preguntó con una dulzura desconocida en ella, pero que Regina agradeció con una sonrisa.

—¿Te apetece de mango y plátano, Reggie? —le dijo Carrie.

—Bueno.

—Creo que hoy podríamos añadirle un poco de helado, ¿no? —sugirió el ama de llaves—. Carrie, ¿por qué no vas a buscar a la entrada una cesta llena de mangos que acabo de recoger? Eran los únicos supervivientes de la tormenta.

Carrie hizo lo que la señora Gainsford le pidió porque era obvio que la cocinera no quería arriesgarse a salir.

Al llegar al recibidor, Carrie oyó a Sharon gritar al otro lado de la puerta del comedor:

—¡No me importa lo que pienses! ¡Esta vez el poderoso Royce no puede hacer nada!

—¡No tienes ningún poder sobre mí porque Regina no es tuya! ¡Regina no es hija tuya!

En el silencio abrumador que siguió a

aquellas, Carrie se sintió paralizada, incapaz de moverse.

—Ten cuidado conmigo —amenazó Royce con una voz tan peligrosa que Carrie decidió intervenir.

Sin apenas darse cuenta, entró al comedor casi corriendo. Tenía en mente la promesa de proteger a Regina.

—¿Qué pretende, señora McQuillan? —gritó ella—. Reggie podría oírla, y eso le rompería el corazón.

—Sharon, tienes que largarte de aquí —intervino Royce—. Y quiero que lo hagas ahora mismo, no me importa el motivo por el que viniste, pero márchate.

Aquello era demasiado para el orgullo de Sharon, que estalló en una carcajada.

—Claro, te viene a ayudar tu joven amiguita. Ya me dijo Lyn que se había enamorado de ti, como las otras.

—¿Y te dijo que yo me había enamorado de ella? —respondió él con frialdad—. Claro que no, ninguna de las dos estaría dispuesta a creerlo. Pero debo decirte que por fin he sabido lo que significa querer de verdad.

—Solo la quieres porque es joven y guapa, pero eso se pasa —aseguró Sharon fuera de sí.

Las palabras de Royce se vieron ahogadas por el sonido de un grito proveniente de la cocina.

—Regina! —era la señora Gainsford, que había visto a la niña salir de la casa corriendo. La mujer salió de la cocina con el rostro desdibujado por el pánico y el sentimiento de culpabilidad por haberse despistado el tiempo suficiente para que la pequeña saliera detrás de Carrie y fuera testigo de la terrible conversación que acababa de tener lugar en el corredor.

De pronto Carrie supo adónde había ido Reggie, fue como un golpe de conciencia que la hizo verlo con claridad.

—¡La laguna!

Nada más oírla Royce salió de la casa como una exhalación y ella salió tras él.

—¡Reggie! ¡Reggie, para por favor! —suplicó él aterrado mientras la perseguía.

Pudieron ver a Reggie correr colina abajo, directa hacia las cristalinas y profundas aguas de la laguna. Con angustia vieron corno su cuerpecito se sumergía y desaparecía.

No era posible que aquello estuviera sucediendo realmente, pensaba Carrie con agonía mientras buceaba en busca de la pequeña.

En ese momento vio emerger a Royce con la niña en brazos.

—¡Sal del agua y trae una manta, Carrie! —le pidió él con dificultad.

Al salir se encontró con Jada, que le tendía una manta; también estaban allí Lindsey y la señora Gainsford, que observaron con preocupación cómo Royce le hacía el boca a boca a Regina hasta que esta empezó a expulsar todo el agua que había tragado.

Carrie se encontraba de rodillas junto a la niña, suplicando que reaccionara como lo hizo. En todo ese tiempo no hubo ni rastro de Sharon; increíblemente, no había salido a ver qué le ocurría a su hija.

Hasta se acercaron el capataz y varios trabajadores de la explotación, entre los que se encontraba Tim Barton. Todos ellos presenciaban la escena con preocupación.

—¿Quiere que llame al médico? —preguntó el capataz al ver que Regina volvía a respirar.

—Creo que no hará falta —respondió Royce aliviado—. Está bien, voy a llevarla a la cama cuanto antes —dijo poniéndose en pie con la pequeña en brazos—. Carrie, tápate con la manta —le pidió con una triste pero tierna sonrisa en el rostro.

Barton recogió la manta del suelo y se la echó a Carrie por los hombros mientras se preguntaba cómo era posible que una madre no acudiera al rescate de su hija. ¿Por qué no estaba allí Sharon McQuillan allí, llorando como lo estaba haciendo Carrie? Aquello no tenía ningún sentido. Lo único que veía era que Royce era un buen hombre.

CAPÍTULO 9

REGGIE tardó semanas en superar la dolorosa experiencia. Todos estaban convencidos que su recuperación había empezado con las lecciones de piano. Carrie había empezado a enseñarla solo como terapia, no esperaba que Reggie se sintiera ante las teclas como pez en el agua. De hecho resultó ser una pianista de talento que progresaba a velocidad de vértigo y esperaba las clases con impaciencia.

En cuanto Sharon, siguió afirmando que no se sentía responsable de lo que había ocurrido aquella mañana. Se había marchado el mismo día del «chapuzón de Reggie», que fue como todos lo llamaron a partir de entonces. Quizás habría podido redimirse admitiendo sus propios errores, que era culpable de que su hija hubiera oído aquello de la forma más terrible; sin embargo, Sharon prefirió la negación. Al menos dejó de reclamar. Se olvidó de ella por completo y salió de sus vidas. Por lo que a su madre respectaba, Reggie podía seguir creciendo como una McQuillan; Sharon prometió no contarle nada a nadie.

Lo más duro para Royce fue explicarle a la pequeña que, efectivamente, él no era su padre biológico, pero le aseguró que la había elegido y por eso se consideraba su padre, la quería y no habría podido soportar perderla. Con el paso de las semanas, Reggie aceptó la realidad y maduró como no solían hacerlo las niñas de seis años. Se dio cuenta de que Royce McQuillan era su padre, incluso empezó a llamarlo así. Maramba era su hogar y siempre lo sería. También era consciente de que Carrie se había convertido en una persona esencial en su vida, la persona a la que acudía cuando necesitaba comprensión y cariño.

La mañana de Navidad, Carrie y Royce escaparon de la casa durante unas horas; se fueron a montar a caballo intentando escabullirse de los numerosos McQuillan que abarrotaban la casa. Estaban todos menos Lindsey y Cameron, que se habían marchado a Europa a disfrutar de unas vacaciones con las que esperaban salvar su matrimonio; la que sí estaba era Louise McQuillan, que después de deshacerse de tantas preocupaciones, se encontraba mejor que nunca y dispuesta a disfrutar las navidades junto a su familia.

A pesar de tanta celebración, Royce y Carrie necesitaban algo de tiempo para ellos solos, y lo necesitaban desesperadamente.

Al llegar a un recodo del camino, Royce le pidió a Carrie que bajara del caballo y lo acompañara.

—Quiero enseñarte algo —le dijo impaciente. Llegaron a un lago en el que nadaban patos y cisnes de una blancura cegadora. El campo circundante estaba abarrotado de violetas y lirios.

Aquello hizo que Carrie sintiera una especie de éxtasis, pero quizá era solo por estar junto a Royce. Cada vez que ese hombre la miraba era como si la tocara y cuando la tocaba experimentaba un placer que no había creído que pudiera existir. Nunca en su vida se había sentido una mujer voluptuosa, pero así era como él la hacía sentir.

Royce se inclinó para besarla y no se detuvo hasta que ambos estaban a punto de derretirse.

—Te quiero, Catrina, te quiero más que a nada en el mundo —dijo con los ojos brillantes.

—¿Así que existe eso del amor perfecto? —susurró ella emocionada.

—Sí, y no dejes que nadie te diga lo contrario —respondió encantado—. Me has cambiado la vida. No, tú eres mi vida. Ya no puedo soportar por más tiempo no poder hacerte el amor —después de decir eso, sacó del bolsillo de la camisa una pequeña cajita y la miró como solo puede hacerlo un hombre enamorado—. Cásate conmigo.

—¿En serio? —preguntó ella sin poder contener el llanto.

—¡Cariño! —dijo estrechándola en sus brazos—. No llores, yo solo quiero hacerte feliz.

—¡Ya lo haces! —aseguró enjugándose las lágrimas—. Te quiero con todo mi corazón.

—Entonces abre la caja.

Al hacerlo, Carrie soltó un grito de alegría. Se trataba de un delicado anillo de oro con un hermoso diamante de color rojizo en el centro y rodeado por pequeños brillantes.

—Es precioso —no podía dejar de llorar de la alegría.

—Es casi tan bonito como tus ojos.

—Gracias, Royce —dijo recostando la cara en su pecho y abrazándolo con fuerza—. Te quiero tanto…

—Catrina, cariño deja de llorar, por favor —le pidió levantándole el rostro para que lo mirara.

—¿Es que no sabes que las mujeres lloran cuando son felices? Es una norma.

Royce sé echó a reír con euforia.

—No quiero ni imaginar cómo te pondrás cuando tengamos un hijo.

—¡Será maravilloso! —exclamó ella imaginando tan increíble momento—. ¿Cómó es posible querer tanto a alguien?

—Te lo demostraré cuando te tenga acurrucada junto a mí en la cama le prometió con ternura.

Como un augurio de felicidad, se levantó una suave brisa que arrastró los pétalos de las flores de todos los colores que había a su alrededor y los llevó hasta su pelo y sus hombros. Como si fuera confeti.